青山美智子

# 靠近你的不是人，是愛情啊

赤と青とエスキース

Red and Blue and esquisse

Michiko Aoyama

邱香凝 譯

Contents

# 序章

牆上掛著一幅畫，我站在畫前。

這幅畫訴說著許多故事。用只有我能懂的語言。

看著心愛的它，我露出微笑。

啊，真是一幅好畫。

# 第一章

# 金魚與翠鳥

愛情有開始就有結束。開始永遠比想像中容易，結束則總是來得猝不及防。最難的，是持續。連終點在哪也不知道，不斷地改變，但也始終不變。

他問我要不要當人像模特兒。

剛進入一月的墨爾本正值盛暑，我們坐在雅拉河邊的露天咖啡座，躲在大大的遮陽傘下喝檸檬水。

人來人往的散步道另一頭，水面粼粼發光。明明是條河，總覺得飄散著一股海潮香。

「我有個將來想當畫家的朋友，看了瑞的照片，說他想畫妳。」

我驚訝得睜大眼睛。從來不覺得自己長得亮眼，怎麼會有人想找我當模特兒。

「為什麼找我？」

「他說妳的頭髮很漂亮。在澳洲很難見到這麼直又長的頭髮吧，他之前也說過想畫畫看東方女性。」
一邊用手輕梳我的頭髮，他這麼說。未經染燙的我的一頭黑髮，從他指尖柔順地滑落。
這隻手的主人，大家都叫他「布」。他好像很喜歡這個暱稱，自我介紹時也總只說「I am Bū（我是布）」。澳洲有很多台灣人或韓國人，一開始我甚至搞不清楚他是不是日本人。知道他的全名，是滿後來的事了。
「我從來沒當過模特兒。」
看我顯露猶豫，布揚起一隻手揮了揮。
「只要坐在那裡就好了喔。下禮拜中間找一天就好。其實原本是得花上好幾天的，畢竟時間也不多了。」
我默不吭聲。一陣短暫詭異的靜默籠罩我們。布別過頭，以手托腮。我也垂下視線，玩弄杯子裡的吸管。
時間不多了。因為我下週末就要回日本。

因為這邊的新學期從二月開始，我以交換留學生身分來到墨爾本，是去年一月下旬的事。我在這裡度過整整一年，現在已經辦完各種手續，也買好回日本的機票了。之後將回到日本的大學，再花一年時間把畢業所需的學分修完，再來等著我的，還有就職活動和畢業論文。

低著頭的布突然像按下什麼開關似的，露出開朗的笑容，朝我轉頭：

「一天就好，拜託啦。他說只畫速寫也可以。」

「速寫？」

聽到不熟悉的單字，我抬起頭。

「就是類似草圖的東西喔。在畫成正式的作品之前，先快速畫下構圖和線條。之後再照著這張速寫，完成正式的作品。所以只要一天……半天就夠了。」

毫無心機的爽朗語氣。每次布用這種聲音說話，我都拿他沒轍。

「……可以是可以啦。」

我這麼一說，布就嘿嘿笑著，開始聊起他那個「想當畫家的朋友」。

他說那個朋友一邊同時做好幾份兼差養活自己，一邊以自學方式學畫，主要學的是水彩。才剛滿二十歲，年紀比我和布都要小。

「他叫傑克傑克遜，是本名喔，很帥吧。」

布笑得露出雪白的牙齒，語氣得意洋洋，彷彿炫耀的是自己。

河上吹來的風，拂動布的長瀏海。露出底下平坦的額頭和一對濃眉。有著清晰眼皮的眼睛圓滾滾的，眼珠像年菜裡的黑豆，散發黑色光澤。

這張臉，我還能看幾次呢？

以西方人來說，傑克．傑克遜的個子算是矮小，和不到一百六十公分的我差不多高。淺咖啡色的捲捲頭髮，小眼睛看起來聰明的同時，也帶點稚嫩，令人聯想到躲在樹蔭下的安靜小動物。

布把我介紹給他，我打了招呼。傑克歪了歪頭，露出微笑。布說他聽不太懂日語，所以我們用英語簡單閒聊。

我們去的地方是傑克的畫室……說是這麼說，其實就是他住的公寓。戶外天氣晴朗，這裡卻有著下雨天般的潮濕氣味。

窗邊靠牆有張不大的床，屋裡只有最低限度的家具，每一件都早已褪色。

房間中央放著畫架，架在上頭的畫板已釘好畫紙。傑克坐在畫架前的圓凳上。

一張有椅背的木頭椅子，正對著他和畫架。

「妳坐那邊。」

按照傑克的指示，我在那張椅子上坐下。不知道是四隻椅腳有哪裡磨損了，又或者椅面鬆了，我一坐下去，椅子就歪了一歪。

看我正面朝他坐著，傑克抿著嘴笑說：

「可以稍微坐側一點嗎？眼神往這個方向看。」

說著，傑克左手朝自己身邊的半空中比畫了幾下。那邊也放了一張圓凳，大概是要給布坐的，但布沒有坐，一下跑去看書櫃上的書，一下望向窗外，像個好動的孩子，到處晃來晃去。
我稍微坐側一點，傑克緊緊盯著我看，表情甚至有點嚇人。我莫名緊張起來，全身僵硬。
「妳可以隨便亂動沒關係喔，放輕鬆點。」
站在窗邊的布朝我扮鬼臉，逗我笑。我故意不看他，板著臉仰起下巴。看我這樣，布笑嘻嘻地坐在窗邊，拿起手邊的畫冊翻看。
傑克忽然露出溫柔的神情：
「衣服顏色真美。」
他說的是我穿的紅色棉質罩衫。簡單的圓領短袖上衣，袖口設計成花邊形狀。我在胸口別了一個藍色的小鳥別針。第一次幫畫家當模特兒，不知道該選什麼樣的衣服比較好，苦惱了老半天，最後決定穿這件。
布是否還記得，那天我也穿了這件衣服。

＊

我與布相識於去年三月初。

我在城裡的免稅店打工。在這裡，願意爽快雇用日本留學生的，通常只有做觀光客生意的免稅禮品店，不然就是日本料理店。競爭也很激烈，我來墨爾本之後，面試了好幾個地方都失敗，好不容易找到這份工作。

有些地方遲遲不通知到底要不要錄用，也有明明店裡貼著招募工讀生的告示，我看了當場表明想要應徵時，對方卻說「我們已經沒有要徵人了」。

一週打工兩天，一次只工作幾個小時，其實賺不到什麼錢。但也不忍心要手頭已經不寬裕的父母寄更多錢來給我了。光是大學裡的課業都快應付不過來，實在不想再花時間找打工，只要願意雇用我，做什麼都行。

有天，我和名叫百合的日本人前輩一起排班。百合姊比我大九歲，以打工度假的方式來到墨爾本。

老實說，我不太喜歡她。我從來沒看過哪個女人笑的時候像她那樣張大嘴巴，發出那麼誇張的笑聲。

還有，她動不動就用誇張的聲音表情喊「Opps！」這是母語者常用的詞彙，像是出了點小差錯或遇到什麼驚訝的事時用的驚嘆詞，類似日語的「喔喔！」不知為何，每次聽到她這麼喊，我都替她感到有些難為情。

即使如此，她仍是職場上少數能為我壯膽的日本人。而且，既然人家主動來搭話，我也不能裝作沒聽見。

「明天我男友找了很多朋友在公園烤肉喔。」

趁店裡正好沒客人時，百合姊這麼說。

「不錯耶。」

給了個安全牌的回答，她說：「妳要不要來？」

我不置可否，她又說「來嘛」，說完立刻再補了一句「來啦」。

當時，我已經到墨爾本一個月了，卻還沒交到半個朋友。

原本我就不是會積極跟人建立關係的類型，可是既然都到國外留學了，倒也期待自己能有所改變。

從十幾歲時起，我就一直在思考，自己能做什麼。

我喜歡英語，大學也因此選了英語系，還挑戰了交換留學考。通過考試時真的好高興。我要去澳洲，學習道地的英語，體驗各式各樣的事……心想，終於找到了，自己能做的事。

看留學相關的宣傳手冊或讀留學經驗者分享的文章時最是雀躍。內心暗自懷抱膚淺的期待，以為只要能進了墨爾本的大學，自己的個性就會變得積極，還能交到各種國籍的朋友，英語也變得流利。

可是，到墨爾本之後，我過得一點也不順利。住進昏暗的學生宿舍，和其他住宿生一點都合不來，連共用廚房和淋浴間都不太想去用。

這樣的話，只能期待在大學裡遇見志同道合的朋友了。沒想到，班上同學不是打瞌睡就是聊天，看到的都是這種懶懶散散的樣子。話雖如此，我自己當然也不是什麼模範生，在日本時頗有自信的英語，到了這裡完全無法與人溝通，瞬間淪為劣等生。找不到跟班上同學搭話的時機，回過神時到哪都落單。

一切都和想像中的不一樣。原以為即將在此度過流連忘返的開心留學生活，結果卻是剛來就想回日本了。

但也不能真的就這樣放棄。既然利用交換留學制度出國，個人的言行舉止都會影響日本的大學在國外的信用。除非真的遇到嚴重的事態，否則絕對不能半途而廢。

對我而言，唯一的安慰就是交換期間只有一年。

等到過完年就好，只要到那時就好，到那時就好。

默默等待時間流逝吧。這段時間好好拿到學分，這樣就夠了。

百合姊兀自說起了在公園舉行烤肉大會的地點和時間，以及需要帶什麼東西等等。我都還沒答應要去呢。

這時，腦中忽然閃過學校下禮拜要交的功課。每個人都得上台報告週末做了什麼事。
「在公園裡烤肉」。
本想用「在家看書」或「打掃」混過去的。但是相較之下，這個答案好像更適合。相信老師也會因此對我留下「活潑開朗學生」的好印象。
正當我萌生想去參加烤肉大會的心情時，百合姊用力皺眉湊上來看著我說：
「穿件亮色系的衣服來喔。妳老是穿這種單調的襯衫，人家會以為這女生個性很陰沉的。」
這毫不掩飾的話語使我有點沮喪，但她說的或許沒錯。
於是下班後，我繞到購物中心，找尋平常自己不會買的浮誇服飾。話雖如此，一方面手頭並不寬裕，另一方面，店裡的衣服尺寸對我來說都太大了。逛到第三間才好不容易找到這件十美元的紅色短袖棉質上衣。隔天中午，我就穿了它出門。
那是個秋高氣爽的日子。

按照地址找到的公園裡，設置了好幾個烤肉爐。除了我們之外，還有其他幾組帶了食材來烤肉的人馬，各自享受著BBQ的樂趣。

百合姊一看到我就揮手大喊「喔——！」將她身邊的澳洲男生介紹給我，說是她男朋友。不過，也就這樣。之後她就不管我了。

有兩、三個人上前找我搭話。但是他們說話速度快，澳洲口音的英語我又聽不太清楚，一再反問對方「Sorry？（不好意思，我聽不懂）」或「I beg your pardon？（可以請你再說一次嗎？）」。漸漸地自己開始感到抱歉，臉上掛著討好的笑容保持沉默。過了一會兒，我又落單了。

聚集而來的十多個人都是陌生臉孔。不過，似乎不只有我面臨這種狀況。感覺就是主辦人各找各的朋友來，彼此不知道對方是哪裡來的誰。需要的話，就當場隨意做些簡單的自我介紹。即使如此，大家還是一下就熟起來了，除了我以外。

I am Bū。到了公園之後，只在大家面前丟下這句自我介紹的他，在我打算去拿第二杯飲料時，上前找我說話。
一個倒扣的水桶上，放著裝在盒子裡的紅酒。我第一次看見這種包裝，兩公升裝的紙盒上，附著一個塑膠水龍頭。好奇地盯著瞧時，背後傳來聲音：
「這叫 cask wine 喔，盒裝的紅酒。」
那個悠哉的聲音說著日語，回頭一看，是布。
長長的瀏海幾乎蓋住眼睛。耳朵上戴著環狀耳環。身上穿的是鬆垮垮的連身吊帶褲，其中一邊吊帶解開垂下。不是邋遢，好像是一種流行。
露出親人的笑容，布走到我身邊，往紙杯裡倒紅酒，接著遞給我。白色紙杯的圓圈裡填滿了深紅色的液體。
我接過杯子，他也給自己倒一杯，立刻咕嘟咕嘟喝起來。
「好喝！」
臉上稚嫩的表情，和喝酒這件事一點也不相稱。
喝完之後布沒有離開，依然站在我身邊，這令我感到一陣心安。因為他在那裡，我好像就有了屬於自己的「位子」。

我也拿起紙杯就口。雖然酒量不是很好，飄散濃厚葡萄味的紅酒香氣馥郁，喝起來很順口。

「好像金魚。」

看著我紅色上衣袖口的花邊，布這麼說。

「小時候在繪本上看過像這樣的金魚，住在圓形的玻璃缸裡。」

我分不清楚他是在稱讚還是取笑，只能露出要笑不笑的表情。真恨自己這種時候總做不出更好的反應。

即使如此，原本緊繃的心情居然鬆懈了。因為聽到令我心安的日語。因為「金魚」這個熟悉的單字。

在布的邀請下，我們端著紙杯往長椅移動。

之後，我們並肩坐下喝紅酒，一點一點聊著關於各自的事。

布說自己一歲時從日本來到澳洲。從事畫商的父母取得了澳洲永住權，布就此在墨爾本長大。當然已經不記得住在日本時的事，懂事之後也沒回去過。他說自己現在就讀設計學校，正在學平面設計。

聽到我和他同齡，剛過來交換留學的事，布立刻說：「妳去過維多利亞國立美術館了嗎？」我回答還沒，他又丟出一連串的地名。博物館、動物園、植物園……每個地方我都還沒去過。

「怎能不去呢，我帶妳去。」

這時，一個綁馬尾的女孩經過，用日語說了聲：「啊、是布！」她把頭上其中一束髮絲染成了黃色。

「竟然在這搭訕女生，果然一如往常輕浮耶你。」

女孩笑著用手背拍了拍布的臉頰。布不為所動，用開玩笑的語氣說：

「別來礙事，沒看我正在跟漂亮女生喝酒嗎。」

能若無其事說出這麼輕佻的話，這讓我打從心底感到羨慕。

他應該有很多朋友吧。無論跟誰，無論聊什麼，都能配合對方吐出如珠妙語。這是一種才能。而這種才能，我連一丁點都沒有。

馬尾女孩這才正眼朝我望過來。

「這人下手速度很快，妳最好小心點喔。」

說著，馬尾女孩嘴角上揚。但是，眼神毫無笑意。下一瞬間，她又彷彿當我根本不存在似的，貼在布身邊輕聲低喃：

「下週再去喝兩杯吧。」

「嗯，妳可以的時候聯絡我。」

布只這麼回答，舉起一隻手揮了揮。她也同樣揮揮手就離開了。

目送女孩的背影，布笑嘻嘻地說：

「那個女生啊，是來三個月短期遊學的喔。下星期簽證就到期了。」

「這樣啊。」

「墨爾本一直都有很多日本年輕人過來呢。留學啦，打工度假啦。」

我沒特別回應什麼，啜飲一口紅酒。

澳洲氣候良好，親日民眾也多，是日本人出國時喜歡選擇的地點。我上的大學也把在墨爾本有姊妹學校當成賣點。我自己還不是看上這裡宜居的環境才報考了留學考。

烤肉爐邊，百合姊跟她男友一邊烤著大根的香腸，一邊比手畫腳互相說著什麼，發出咯咯笑聲。

有人躺在草地上，有人在玩自己帶來的飛盤。我聞著烤肉的焦香味，感受從樹梢間吹來的風，抬頭仰望萬里無雲的藍天。

「哇，不會吧，不行啦！」耳邊傳來高亢嗓音的日語，是剛才那個馬尾女孩。只見她吊掛在一個金髮男子手臂上，大聲尖叫。

或許是酒意上來了，我開始有點恍神，望著眼前的太平盛世。

「像是龍宮城。」

布乾硬的聲音忽然迸入耳中。我嚇了一跳，像聽見鬧鐘響似的。

「大家都把這裡當成龍宮城❶。」

語氣沒有高低起伏，剛才明明還那樣天真無邪，這時的布卻變得面無表情，總覺得有些可怕。若說我是玻璃缸裡的金魚，他就像是住在深海裡寂寞的魚。

「大家是指誰？」

沒有回答我這問題，布淡淡地接著說：

「我看過好多這樣的人，沒把這裡當現實世界，然後就回去了。」

沒有生氣，也不是悲傷。

他只是，像放棄了什麼。

可是，喝完杯中紅酒後，布又恢復了熱情開朗的模樣，之後也一直心情很好似的展露笑容。幾乎教人想不通剛才那是怎麼回事。

回家前，布在便條紙上快速寫下電話號碼。「妳可以的時候聯絡我」這麼說

❶ 如《浦島太郎》等日本傳說故事中常出現的海底宮殿，用來隱喻非現實的世界。

著，把紙條交給我。

我心想，剛才他也這麼說了。「妳可以時聯絡我」。他也這麼對馬尾女孩說了。這就是布的作風，把選擇權交到對方手中。我想，他一定對所有人的邀約都來者不拒。

我沒把自己的聯絡方式告訴他。因為他沒問。

那之後，我就把這張夾在行事曆手冊裡的便條紙給忘了。過了一陣子，拿到學校發的維多利亞國立美術館折價券時，才又想起這件事。

美術館本身可免費入場，只有參觀特別設置的會場時才需要付一點費用。我雖然不懂美術，那時館內正好有古董桌巾的特別展，我對這個倒是頗有興趣。折價券最多可供三人使用。我從行事曆手冊裡拿出對折的便條紙，打開看寫在上面的電話號碼。

「這人下手速度很快，妳最好小心點喔。」

馬尾女孩的話，這時才閃過腦海。

不可否認烤肉那天，多虧布陪在身邊，我才沒被孤單不安的心情壓垮。可是，他確實會像這樣把自己的電話號碼撒給許多女生吧。要是主動打給他，或許會被認為「這女生對我有意思」。

美術館而已，也不是不能自己去。

我折起便條紙，正要夾回行事曆手冊時，手停了下來。

「像是龍宮城。」說這話時他的聲音和冷淡的眼神，突然浮現腦海。

再次打開便條紙，看著那龍飛鳳舞的筆跡，我想了一下。

——朋友。

對，就當交朋友吧。

在墨爾本交一個個性開朗，英語流利，能一起喝喝茶、聊聊天的朋友。如果是他的話，或許願意在明年過年前和自己做這樣的朋友。

從烤肉那天起，已經過了兩星期。

那個週末，我和布約在維多利亞國立美術館的入口碰面。我提早十五分鐘抵達時，他已經到了，坐在入口旁的噴水池邊。一看到我走來，也沒有站起身的意思，只是笑嘻嘻地說：「妳來得真早！」

我又穿了那件紅色罩衫。因為怕他認不得我的臉。

「妳喜歡紅色喔？」

從噴水池邊站起來，布這麼說。「嗯」了一聲，我說了謊。其實我只有這一件紅衣服。

許多人走進美術館。身高、體型、髮色和膚色都不一樣。設計成巨蛋型的半圓入口，看上去像張把眾人吞沒的大嘴。

美術館實在太大了，就算花一天也看不完。逛了兩小時，布說「休息」，就把我帶去咖啡座。我們在賣場各自買了自己的食物，端著托盤找張空桌坐下。

「咦，不對耶。」

布看著托盤上的零錢說。大概是找零時手沒空，直接把零錢放在托盤上了。

「我去去就回。」

布朝賣場走，我對著他的背影問：「少找了嗎？」他稍微轉過頭來笑著說：

「不、是多找了十分錢。」

十分錢。連日幣十圓也不到。把這點小錢特地拿去還的他，回到座位後迅速吃光了炸魚套餐，連大量的chips（薯條）也不剩半根。看來，絕對不殘留食物是他的原則。

喝完咖啡後，布站起來。

「我再去買杯飲料，妳要喝什麼嗎？」

「那，給我一杯蘋果西打。」

布點著頭離開，背影混入擁擠人群中。

可是，那之後布就一直遲遲沒回來。十五分鐘後，我實在擔心，就把托盤放在桌上，離席去查看。結果看到他在冰淇淋攤位前跟一個看上去像日本人的女生有說有笑，一副很開心的樣子。

我一陣虛脫。早知道不替他擔心了，輕嘆口氣，自己回到位子上。手邊閒著沒事做，就往包包裡翻找。除了手帕、錢包和護唇膏外，頂多只有行事曆手冊了。應該帶本書出來才對。

桌上一個圓筒裡裝著餐巾紙。我抽出一張，先折成三角形，把多出來的地方撕掉，變成一張正方形的紙。

姑且折了一隻紙鶴。

布還是沒回來。

再抽出一張紙巾撕成正方形，這次決定折頭盔。

布還是沒回來。

這傢伙真沒禮貌。讓人在這種地方等，果然是個輕浮的男人。

不如回去吧，我這麼想。可是，手卻不斷朝紙巾伸去，撕成正方形，折出所有我想得到的折紙作品。

牽牛花、青蛙、狐狸、手裡劍、氣球。

「抱歉！」

布用跑的回來。

還在雙手拿著飲料的狀態下大喊：「哇，好強喔！」

「好厲害，會折這些，好像我奶奶。」

……奶奶。

先是金魚，再是奶奶嗎？

我無言以對，布在我身邊坐下來，飲料放在桌子邊邊。拿起青蛙折紙，目不轉睛地打量。

「這個是怎麼做的？」

布的雙眼閃閃發光，我覺得自己好像被糊弄過去了，板著一張臉說「很簡單啊」，再拿起一張餐巾紙，從撕成正方形的步驟開始教他。布興致勃勃地模仿我的動作。

「只有那麼一次，在我五歲時，奶奶從日本來了。那時真的好開心。她帶了好多折紙和日本的繪本來，像這樣做了很多折紙給我，每天陪我玩。我是從那之後才開始看日文書的喔。那時是八月，還記得奶奶不可思議地說，日本明明是盛暑，這裡卻是嚴冬，我好驚訝。」

折過去，拉出來，疊起來。

一張平面的餐巾紙，在桌上變成立體的東西。

像忽然想起什麼似的，布「啊」了一聲，指著我的罩衫說：

「就是那時，我看了金魚的繪本。奶奶帶來給我的。」

「這樣啊。」我嘴上不置可否地答腔，手繼續折紙，布呵呵笑起來：

「很可愛呢，紅色的金魚。」

又露出那種天真的表情。

不爽的情緒已經完全散去，這使我不知為何有點火大。我沒有用笑容回應。

折過去，翻過來，再折過去。

「完成了！哇——！」

布歡呼著高舉青蛙。也不知道到底怎麼折的，布折的青蛙圓滾滾的，體型特別小。

把那隻青蛙放在我折的青蛙旁邊，布喜孜孜地說：

「是小孩。」

「……欸？不對吧？青蛙的小孩是蝌蚪啊。」

「啊、對喔！」

布一陣大爆笑。我用冷淡的語氣說這話似乎更讓他覺得逗趣，笑了好久都停不下來。被他傳染，我也忍不住笑出來。真是的，太奸詐了。

好不容易止住了笑聲，布才終於說「抱歉讓妳等這麼久」。

「因為有個日本人錢包掉了，我陪她一起找。」

我沒答腔，只喝了一口蘋果西打。原來那個女生不是他認識的人啊。

「真不敢相信，她好像是來觀光的，找到位子之後，竟然把錢包放在桌上，人就離開了。到底多漫不經心啊，墨爾本的治安可沒那麼好。」

我點頭表示同意。

「治安真的不好，像我們宿舍冰箱的治安就爛透了。」

「冰箱？」

「我買的火腿啊、雞蛋啊，老是被擅自吃掉。明明都寫上名字了，真是不可原諒。」

布又開始大笑。我又沒說什麼好笑的話。

「不錯耶，不錯。」

布笑容滿面，用力點頭說「嗯、嗯」。

和他在一起，會有種自己也說得出有趣的話的感覺。這或許就是他的「花招」吧。

為了掩飾難為情也為了掩飾喜悅，我裝出嚴肅的表情問：

「那後來呢？有找到錢包嗎？」

「嗯，找到了找到了。結果是她搞錯放錢包的桌子了啦。」

「太好了呢。」

「對啊。」

布吸一口可樂，開始玩他的「青蛙小孩」。

那天回程，我們約了下次見面。下次見面的回程，又再約了一次。因為「都來墨爾本了，一定要去看看」的觀光景點還有好多個。他是個非常優秀的導遊，也會用簡單易懂的方式訂正我英語上的小錯誤。

和布在一起的事，還有約定下次見面的事，都漸漸變得愈來愈自然。沒見到面的時候，想他的次數也愈來愈多。

他擅長跟女生相處，受到他溫柔紳士的對待心情會很好，這也是無可否認的事實。不過，最吸引我的，還是相遇那天說「像是龍宮城」時那冷淡的眼神與聲音。接觸到愈多他風趣的一面，當時的情景就愈是歷歷浮現。彷彿複雜穿刺在心上的魚鉤，怎麼也拿不下來，毫不留情地撥弄我。

不要啊。我心想。

我已經開始把他視為異性。

明明是自己主動跳進設好的陷阱，我卻一點也不想這樣。拚命說明自己，當初他找我搭話只是心血來潮，他對我說的話做的事，就跟對其他不特定多數的女孩一樣吧。更何況，不到一年之後我就必須回國了。

「我喜歡瑞，想跟妳在一起。」

所以，當第三次見面回程，送我回宿舍的路上，他這麼說的時候，我無法馬上做出回答。我不知道該如何接受，如何回覆。

有開始就有結束。

我恐懼的始終都不是結束，而是「擔心可能會結束」的那些不安與忐忑的時間。不是心中萌生對對方的猜疑，就是多了許多原本不知道的事，或者以為對方明白，對方卻完全沒搞懂。通常到了那個階段，只剩下一方還有熱情，還在拚命努力，另一方的感情早已冷卻。

無論站在哪一方的立場，我總是選擇先放手。因為無論是過熱還是過冷，我都承受不住。

當我還在沉默找尋該說什麼好時，布露出嚴肅的表情。接著，突然像個在益智問答中想出答案的人，豎起食指興奮地說：

「不然，設定一段期限，如何？」

我傻眼地看著他，約莫三秒後，才勉強發出「設定期限？」的問句。

「嗯。在瑞回日本之前，期間限定的交往。我不會幼稚要求妳回國之後仍要繼續，分手的時候也不會做出哭哭啼啼之類難看的事。」

布用開朗的語氣這麼說。

期間限定？

我先是驚訝，隨即恍然大悟。是啊，他就是能輕易做出這種事的人。遠距離戀愛對他而言太幼稚，分手時哭泣對他而言是難看的事。

既然妳只是來龍宮城遊歷一番就離去的人，那我也不拖泥帶水，彼此玩玩就好。是這意思吧？我在他心目中只是這種程度的對象。根本不受重視。聽到他說「喜歡妳」時居然還那麼高興，不知所措，真像個笨蛋。在這種憤怒的情感高漲前——不知為何，我鬆了一口氣。

因為，我心知已經結束。在開始之前，已經結束。

於是，我淡淡回答：

「好啊，如果是期間限定的話。」

可以不用害怕了。無須因為擔心這段戀情不知何時結束而提心吊膽。就到明年。在那之前，到那為止。只在我還是個留學生的時候。

布在一個像是瞬間停止呼吸的表情過後，很快地咧嘴一笑。

「太好了，那就這麼說定喔，從現在開始！」

大大張開雙臂，布緊緊擁抱我。

我任憑他抱著我，恍惚望向他身後的天空。

這段事先決定好終點的關係，就像已知何時會結束的電影。

這麼一來，大概彼此都能不過冷也不過熱，承受得住。

那時的我，還以為這是最適當的溫度。

◇

傑克看看畫紙又看看我，手指在畫架前滑來滑去。接著，用一根比鉛筆還細的深黑色棒子對著我，一下豎直，一下橫放。

「下筆之前，要做這麼多事啊？」

我依然維持側坐姿勢，只有眼神朝傑克望去。

「要思考構圖啊。妳在畫紙上要佔多大面積，又要怎麼放上畫紙，實際開始畫之前，我喜歡先在腦中想像這些事。」

這麼說完，傑克又微微苦笑著說：

「這種時候腦中浮現的，大概都是最完美的傑作。」

還沒畫出來，想像中的作品都是完美的傑作。

我的留學或許也是如此。從日本出發前，懷著雀躍期待的心情在腦中描繪的夢想，才是完美的墨爾本生活。我正要露出苦笑，傑克又說：

「可是啊，畫著畫著，會發生自己意想不到的事喔。有時筆會擅自動起來，有時會出現偶發的藝術。能完全按照自己的想像畫出來當然很痛快，可是真要說的話，發生超乎想像的事更有趣，讓人無法放棄畫畫這件事。即使不完美也無妨。」

我不由得把整張臉都轉向傑克。他這番話像隻著地的貓，輕巧地落在我心上。可是，我還無法釐清那隻貓的真面目。傑克瞇起一隻眼，用豎直的棒子在我身上對焦。

「速寫就是這件事的起點。想著要用什麼方式表現什麼，把自己心中模糊籠統的東西畫下來，再一點一點具體描繪。因為還不是正式的畫，也不會給別人看，想重畫幾次都行。這種自由的地方非常好。」

傑克緩緩說著，拿出美工刀。把刀刃放在深黑色的棒子前端。

「那什麼？」

我這麼問，傑克的眼神就從刀刃上挪開，回答：「炭筆啊。」

「我自己撿樹枝來燒成的。」

「好厲害，這種東西也可以自己做啊。」

我表達單純的訝異，傑克笑著搖頭：

「我只是窮得連買一支鉛筆的錢都沒有而已。因為我想盡情地畫，只好自己做了。」

*

四月、五月，秋天就這樣過完了。布一如往常開朗，每次約會都是他約我，我只要答應就好。和他在一起之後，眼中望出去的景色愈來愈不同，真是不可思議。

墨爾本是一座藝術氣息濃烈的城市。林立的英式建築，充滿懷舊情懷的路面電車、街頭藝術家畫在牆上的塗鴉……一切都跟我剛來時沒有兩樣。可是，曾經看在我眼中只有黑白兩色的風景，如今漸漸染上了色彩。或許我原本只是沒好好正眼欣賞這座城市罷了。

布也是能聽我用日語抱怨的寶貴存在。和他交往後，我仍然會為大學裡或打工地方發生的小事沮喪。遇到討厭的事也說不出口，被身邊的人牽著鼻子走。每當我怨嘆自己的軟弱，布就會用無聊的玩笑話為我趕跑低落情緒，然後這麼說：

「大大方方做自己就好啊，我很明白瑞的生命力有多崇高。」

說這種話肯定我的人，有生以來他是第一個。

一開始為了掩飾難為情，我笑著說：「你在說什麼啊，生命力還有崇高不崇高的喔？」他卻露出嚴肅的表情。

「生命力不只是活著的力量，還包括想活下去的力量喔。瑞擁有的是不迎合他人的潔淨力量，我感覺得到這個。」

老實說，他這樣講我還是聽不懂什麼意思。可是，總覺得那是非常特別的讚美之詞，打從內心覺得高興。

原本畏縮的自己，就這樣一點一點解放。說不定我真的擁有布說的「崇高生命力」，所以沒問題的。

在班上交到了談得來的朋友，在宿舍也慢慢敢把想說的話說出口。毫無疑問的，這些都拜布所賜。即使多多少少還是會與周遭的人起爭執，只要想著布，我就能鼓起勇氣。

若問我喜歡他哪裡，我一定第一個回答「拇指」。

牽手的時候，布習慣把拇指從交握的十指上微微抬起，用指腹輕輕撫摸我的手。我非常喜歡他這個動作。感覺就像自己變成一隻無條件受寵的貓。

布的拇指指尖形狀方方的，剪得短短的指甲總是呈現健康柔和的顏色。每當他伸長了手要拿什麼東西，從拇指粗大的骨節到手腕就會迸起青筋。那筆直緊繃的浮凸給人強而有力的感覺，總覺得只要待在他身邊就什麼都不怕。

我做了很多在日本時絕對不會做的事。

戴上濃密的假睫毛，頭上頂著大大的太陽眼鏡。

跟著酒吧裡跳起舞來的其他客人一起扭腰擺臀。

站在十字路口等紅燈時，和布輕輕接吻。

八月，一個冷冽的冬日，聽百合姊說她要回國了。

好像是打工度假的簽證即將到期。雖然她早就辭掉免稅店的工作，我們也很久沒有一起打工，但她聯絡我說「因為快回國了，有些用不到的東西可以給妳」。我回答「如果妳已經不要了，那就給我」，所以我們久違地約在咖啡店碰面。

我進店裡時，坐在最角落的百合姊正在抽菸。一看到我，她立刻舉手輕揮，在菸灰缸裡捻熄香菸。

「久等了。」

我在百合姊面前坐下，她微微瞇起眼睛說：

「妳好像變時髦了。」

「有嗎？」

我脫下大衣，掛在椅背上。

百合姊隨即遞上一個紙袋。裡面有小型收音機和幾本文庫本，還有紫蘇香鬆和即溶味噌湯包。

彼此簡單報告近況後，百合姊張大嘴巴說：

「哎呀，在澳洲這段時間真開心。」

表情帶點落寞，但也有種說不出的神清氣爽。她一定是在夢一般的世界裡盡情徜徉過，準備要回現實世界了吧。我覺得好像有那麼點能理解布的心情了，低聲問：

「……就像龍宮城一樣？」

她歪了歪頭問：「欸？」

「是這麼說的嗎？可是我又沒有救海龜❷。」

「對了，百合姊跟妳男友……」

我小心翼翼提問，百合姊咯咯大笑說：

「什麼都沒說定喔，只能順其自然了。」

喝口咖啡，杯子還拿在手上，她又湊近我的臉說：

「妳想找人商量戀愛問題的話，我可以奉陪喔。」

我嚇了一跳，玩弄髮尾強裝鎮定。

「不是我，是我朋友啦。和對方說好只是回國前期間限定的交往，百合姊，妳覺得這種事怎麼樣？」

聽到這個，百合姊發出誇張的笑聲，把咖啡杯放回碟子上，看到潑出來的咖啡，又大聲喊了「Oops！」好久沒聽到這個了，我已不再覺得嫌惡，反而感到有趣，忍不住笑出來。

「期間限定啊，好像季節限定的餐點喔。像是水蜜桃、哈密瓜或栗子的甜點。沒什麼不好啊？只要一想到這是限定產品，感覺就更可貴，吃起來更甜更好吃了。」

說著，百合姊再次放聲大笑。我用幾乎被那笑聲掩蓋的音量，宛如自言自語一般問：

「如果過了這段季節就無法得到的話，當下盡情享受好像也有道理？」

應該有道理吧。百合姊用手托住下巴。

「可是，那只是類似戀愛的東西喔。」

類似的東西？

看我歪頭不解，她繼續說明：

❷日本童話《浦島太郎》中，浦島太郎救了海龜，海龜為了報恩，就讓太郎騎著自己進入海底的龍宮城。

「日語裡不是有『墜入情網』的說法嗎？我倒認為戀情不是墜入，是會自己過來。」

「自己過來？」

「對，擅自就來了。有時來的時候會心想，哇，來了來了！有時則是回過神來才發現早就來了。來的不是男人喔，是戀情。把人耍得團團轉的也不是男朋友，是這種不可抗力。」

百合姊從放在桌上的菸盒裡拿出一根新的香菸點火。

「所以，即使他還在身邊，只要戀情走了，這段感情也就結束了。反過來說，就算他不在身邊，只要戀情還在那裡，就不會結束。」

這麼說來……

這麼說來，事先決定「期間限定」根本沒意義嘛？

「不過，每個人手上應該都有個龍宮寶盒吧？只是我不認為打開寶盒就會瞬間變成老人就是了。不是這樣的，應該是因為打開寶盒時，看到裡面裝著過去的自己，感到一陣懷念，才發現原來自己已經老了。一定是這樣的。」

香菸尖端飄著一縷輕煙。

「到那個時候，我希望自己能夠不為變老這件事哀傷，而是要為自己感到驕傲。不去喟嘆『當年有多好』，最好是老了之後，也能抬頭挺胸面對寶盒裡年輕的自己。」

我心頭一驚，赫然抬頭看她。對一切都那麼積極的百合姊，誇張享受每一個當下的百合姊。這時我才第一次明白為何她用這種態度過日子。百合姊津津有味地抽著菸，對我微笑。

「跟妳朋友說，不管人在哪裡，不管在做什麼，人生在世做的事都一樣喔。都會吃飽睡覺，睡飽起床，都會喜歡什麼，討厭什麼。」

◇

傑克用美工刀斜斜削尖木炭，作成又平又尖的「畫筆」。散落報紙上的炭屑像黑黑的鐵粉。他小心翼翼地把報紙鋪在旁邊的櫃子上。

「我要畫了喔。」

傑克這麼一說，布就猛地抬頭，闔起攤開的畫冊，跑到傑克旁邊。

站著朝畫架傾身，布凝視傑克的手。他對畫家畫畫時的姿態似乎很感興趣。

從我這邊看不到畫紙。只能從傑克手腕的動作，想像他可能正用炭筆筆尖拉出線條，或放平筆尖大片塗抹。事實上我的視線本就偏了一邊，只能勉強瞥見他的動作。

傑克不時用指腹直接拍打畫紙，或沾一點剛才削的炭粉，在畫紙上摩擦。每次他做出這些動作，布都會發出「是喔」或「哇喔」之類的聲音，害我好想知道傑克到底在畫紙上做了什麼。畢竟畫的是我啊。

「噯、我也想看。」

我這麼說，出言制止的卻不是傑克，而是布。

「不行，瑞還不能知道這個。」

「布都可以看，為何我不行，不公平。」

「第三者看沒關係。可是，傑克正畫下他眼中看到的瑞，這個過程不能讓瑞妳本人看見。因為他對這幅畫的情感正在孕育之中，要是被對方知道了，會跑出多餘的情感，這樣畫出來的東西就不對了。」

「什麼啊，講得一副你很懂的樣子。」

我只好放棄看畫，默不吭聲。

接下來一段時間，誰都沒有開口。安靜的房間裡，只有炭筆擦過紙張時發出的俐落聲響。

*

我只和布吵過一次架。現在回想起來，還是覺得原因無聊得可恨。

那是進入十月後，春風柔和的時節。

我們帶著三明治到植物園野餐。廣大的園內有許多植物，一望無際的草坪帶來清爽的綠意。我們散步了一下，找到一處正好可以攤開野餐墊的樹蔭，就坐了下來。

這天風和日麗，我的心情卻不太好，因為正好同時發生了幾件不開心的事。大學教授把我誤認為另一個學生，指責我遲到。宿舍新搬進來的德國人開關門的聲音太吵。某堂課要交的作業太難。以上這些聯合起來，害我睡眠不足。

我對布也有點火大。他有時會忽然模仿起笑翠鳥的叫聲，而我不太喜歡那個。笑翠鳥是澳洲特有的鳥類，和一身美麗藍色羽毛的翠鳥不同，身形肥肥短短，顏色也是黯淡的咖啡色。笑翠鳥總是會抖動那討喜的身軀，發出豪邁的咯咯叫聲，聽起來和人的笑聲很像。對我來說，那是聽了會感到煩躁的聲音，也委婉地說過幾次「我不喜歡那個」。那天，一躺在草地上，布又模仿起笑翠鳥的聲音，我突然覺得好掃興。

布一副心情很好的樣子閉上眼睛，坐在一旁的我只好拿出文庫本來讀。這是百合姊給我的其中一本，幾年前出版的日本作家推理小說。

過了一會兒，布坐起來，拿起寶特瓶裝的可樂喝。我把書闔起來，放在自己旁邊，問他：「要吃三明治嗎？」

布在回答這個問題前先拿起那本書，說了非常不應該的話：

「這個結局很驚人吧？原來那兩人是同一個人呢。」

可想而知，他說的是我還沒讀到的情節，但布似乎以為我已經看完了。我為之氣結，激動大吼：

「你為什麼要講出來！我很期待後續的耶！」

布先是嚇了一跳，隨即雙手合掌道歉：

「抱歉抱歉，我以為妳把書闔起來是因為看完了。」

「因為你在睡覺，我沒事做只好看書啊。那既然你起來了，我想跟你說話，書也不看就收起來了啊。」

「可是來植物園不就是來放鬆的嗎？是說，那本小說除了剛才我說的，還有其他驚人的結局啦。」

布笑得輕浮，教人看了更火大。

「算了，我不看了。都知道後面會怎樣，一點意思也沒有。」

我把書收進包包。布臉上掛著為難的笑容，又喝起可樂。我按捺不住的煩躁一股腦發洩在布身上。

「再說，你老是自己想怎樣就怎樣。完全沒替別人考慮，只想到你自己，太自私了！」

布勉強擠出聲音：

「……我有嗎？」

我也知道自己說得過分了點，但已經停不下來。

「像你老是愛學笑翠鳥的叫聲，我不是說過很討厭那個嗎！」

「欸，妳有這麼討厭喔？為什麼？」

果然無法跟他溝通。這麼一想，我自暴自棄地說：

「那笑聲聽起來很像瞧不起人啊！嘻皮笑臉的，神經大條。」

布眼神閃爍。

「我沒有瞧不起妳呀。」

「又沒說是你，我是在說笑翠鳥。」

感覺氣氛變得不平靜，我有點膽怯，從布身上別開視線。

布雙手抱膝坐在地上，把臉埋在膝蓋中間默默不語，不知道在想什麼。

我開始覺得待在那裡很痛苦，抓起包包站起來。

就這樣逃開，從布身邊逃開。

我在植物園裡四處亂走，各種感情紛至沓來，整個心扭曲成一團。全是布不好，他每次都那樣，嘻皮笑臉。

可是，我也發現自己其實依賴著不管說什麼都能笑笑帶過的布。能讓我把情感坦誠到這個地步的人，除了他之外也沒有別人。

不知情節會如何發展，滿心期待後續的推理小說，之所以能心懷期待，是因為情節與自己無關。因為那是別人的事。我沒這麼堅強，遇到跟自己有關的事時，就會不安得受不了。唉，這麼麻煩的東西，我果然無法承受。明明是來墨爾本念書的。

即使設下期限，當然也可以提早結束。倒不如說，能持續到今天算很不錯了。反正是總有一天要結束的關係。再三個月。

夠了，就這樣吧。才剛這麼想，下一瞬間，我停下腳步。

剩下的這三個月，沒有布，我過得下去嗎？這麼一想，一股無可名狀的恐懼襲擊了我。這情緒是怎麼回事？

我一定是認為沒有他「很麻煩」吧。「少了很多方便」。

我雙手摀住臉。好奸詐。我每次都說布奸詐，其實我才是最奸詐的人。我已經無法忍受在這裡的生活沒有布了。

對我來說，這裡或許終究只是龍宮城。

既然都要結束的話。

反正都要結束，那就到期限為止吧……

帶著醜惡的軟弱，身體不聽使喚動起來，向前跑。跑回可能已經不在那裡的布身邊。

布還坐在樹下。一看到我，他露出明顯鬆了一口氣的表情。這使我安心。

「抱歉。」

「我才該向妳道歉。」

我氣喘吁吁地在布身邊蹲下。

手上拿著用筆記紙折成的小青蛙。為了等待不知道會不會回來的我，他在這裡折紙。

我忍不住笑出來，布也跟平常一樣嘻嘻笑著說：

「青蛙真厲害，無論水裡或陸地都能去。」

他語氣平靜，話裡的意思卻使我聽得揪心。

布發出「咻蹦」的聲音，讓紙折的青蛙往半空中跳。青蛙沒跳多遠，在草地上翻肚了。

◇

放下炭筆，傑克一邊擦拭烏漆抹黑的指尖一邊說：

「我去準備顏料，妳先休息一下。」

看來勾勒的部分已經結束，我放鬆緊繃的身體。

「要喝什麼？」

傑克站在冰箱前，看著我和布。

「我來吧。」

布檢視冰箱裡的東西，拿出寶特瓶裝百事可樂，走向狹小的廚房，為三人分別裝了三杯可樂。出乎意料的，他挺喜歡做這些事。

傑克在空果醬瓶裡裝水，輕輕放在櫃子上。接著，開始在旁邊排出畫具。軟管裝的水彩顏料、水彩筆、沾滿顏料的髒毛巾。

毛巾應該重複使用了很多次吧。各種色彩在上面染出各種形狀的污漬。

那不經意完成的繽紛圖樣，本身就像一個藝術作品。這就是傑克說的「偶發的藝術」嗎？

＊

跨年時，布訂了一間有點貴的飯店。

和我們之前幾次小旅行住的背包客棧或B&B（附早餐和床的民宿）不一樣，是一間典雅又可愛的七層樓飯店。

在大廳辦完住房手續，房務人員指引我們到最高樓層。七〇七號房。

房門一打開，布就砰地往床上躺。

「喔喔——完全就是Seventh Heaven嘛！」

他開心地嚷嚷，只有臉朝我轉過來問：

「妳知道那是什麼嗎？」

Seventh Heaven？是什麼啊。我想了一下，布轉為仰躺。

「就是極樂天堂的意思喔。該說是俗稱嗎，還是慣用語？」

我一邊答「是喔」，一邊朝窗外望去。布像在唱歌似的繼續說：

「據說天堂有七層，Seventh Heaven是最上層，天神就住在那裡。」

大中午的酷暑逐漸消退的暮色中，地面上小小的人們忙碌地動來動去。汽車也好腳踏車也好小狗也好，看上去都像玩具。

布盯著天花板，突然冒出一句：

「天堂的最高層，不知道是怎樣的地方？」

「嗯——」我坐在床緣，沉吟著回答：

「說不定第一層或第二層那附近，還比最上層更幸福喔。與其擁有無上的幸福，一點小小的幸福或許還比較好。」

布眨著眼睛看我，佩服地笑著說：

「瑞，妳好無欲無求喔。」

才不是。我的欲求一定比布更強。我一心只希望自己不要受傷，也不想當壞人，只要過平靜無波的生活。

幸福不用很多也沒關係。

一點點就好。足以讓我珍惜地把玩這些覺得幸福的事就夠了。

「神明居住的地方太神聖，怕會拘謹得坐立不安。」

這麼說著，我躺在布身邊。布把手臂伸進我後腦勺下方。

「瑞將來想做什麼？」

我嚇了一跳，一時之間以為自己聽錯，因為他幾乎不曾與我談過未來的事。

我把想到的答案直接說出口。

「……我還沒決定。只是，如果能從事用得到英語的工作就好了。不過，雖然留了學，還是得先順利畢業才行，否則就一點意義都沒有了。接下來再好好思考將來的各種可能性。」

「嗯哼——」布呼了一口氣。覺得我好像也可以問，就回他：「布呢？」

「我也不知道。現在父母雖然讓我隨自己高興去讀設計學校，前提是以後要在墨爾本繼承他們的事業。但一年後我也要畢業了。」

用手爬梳我的頭髮，布訥訥地說。

「我喜歡畫，對畫商的工作也有興趣。可是，看著爸爸和媽媽，有時會覺得有點可怕。他們是頭腦好的人，事業發展得很順利，但我常懷疑，他們對畫真的有愛嗎？」

我不知如何回答，只好說些可有可無的場面話。

「可是……應該是喜歡畫，才會當畫商吧？」

「誰知道呢。從我小時候，他們就拚了命地想要闖出一番名堂，這樣才能定居墨爾本。詳細情形我也不清楚，只知道爸爸媽媽當初在一起好像是不被原諒的事。兩人都常把『不能回日本了』掛在嘴上。」

說到這裡，布維持用手臂給我當枕頭的姿勢，眼神仰望天花板，看的卻像是更遠的地方。

「我不是說過奶奶只來過墨爾本一次的事嗎。那時我還很小，所以不是很清楚。現在回想起來，她應該不是來玩，是想來帶我回去的吧。當時爸爸和媽媽感覺都有點緊張。」

布大嘆了一口氣。

「我究竟是什麼人呢？」

近在眼前的布此時的表情，我有印象。只在相遇那天看過這表情，彷彿棲息深海底的魚一般寂寞的眼神。

我一直想不通。明明感覺得到布對日本充滿強烈的嚮往，為什麼連一次都沒去過。

不能回日本了。布父母的這句話，或許也像下在他身上的一個詛咒。身為日本人卻對日本幾乎一無所知的他，大概無法離開墨爾本這個龍宮城了吧。因為在日本，他沒有可以「回去的地方」。

布的未來沒有我。我的未來也沒有布。這麼一想，空虛的心情籠罩下來，但我刻意忽略。

「一定有只有布才能做的事啦，絕對。」

布「呵呵」一笑，胸膛微微震動。

「只有我才能做的事？什麼事？」

轉向我的眼神已不是寂寞的深海魚，變回平常的布了。

「具體我也不知道啊，但一定是能讓大家都好開心的事。然後布自己也會很開心。」

「很好啊，如果可以讓雙方都開心的話。想做的事很多，這個也想做，那個也想做。可是現在，我只想自由地畫畫。」

說著，布露出略帶自嘲的笑容。

「可是不管做什麼，像現在這樣吊兒郎當都是不行的吧。誰都不會信任這樣的我。」

我認真做出回答，因為這是我的真心話：

「大大方方做自己就好啊，我很清楚布是個多體貼又誠懇的人。」

布的肩膀微微一顫。接著，是一陣短暫的沉默。所以我也沉默不語。

過了一會兒，布將我摟過去，嘴唇貼在我的眼皮上說：

「瑞，我有東西要給妳。」

說著，布坐起來，從床尾下去。

◇

布一直跟傑克搭話，一下問那是哪個牌子的顏料，一下問那條毛巾已經幾年沒洗過了。傑克苦笑著敷衍了幾句，布就一臉無趣地說「我去上廁所」。

傑克在調色盤上調開顏料，再次正面轉向我。接著，把飽含顏料的畫筆放在畫紙上之後，忽然停止動作。

睜大眼睛，像有什麼新發現似的，傑克匆匆拉開櫃子的抽屜。只見他從抽屜深處拿出了一支扁平的工具。

回到畫架前，先用畫筆快速刷過畫紙，隨即拿起那支工具，用力刮過畫紙。隨著「唰」的輕快聲響，傑克低聲輕嘆。

我看不懂這是什麼技巧，但也看得出傑克陶醉的神情中閃耀的光彩。

就在這時，布回來了。

探頭往傑克手邊窺看，疑惑地問：「這是畫刀？」傑克目光不離畫紙，只是點頭。

布往傑克身旁的椅子一坐，蹺起二郎腿。大概因為傑克不太搭理他，這次他開始跟我搭起話來。因為他說了一點也不好笑的冷笑話想逗我笑，我就罵他說「能不能安靜一點」。

布「啊哈哈」笑起來，之後居然真的聽話閉嘴了。

就這樣，布看著我，我也看著布，我們彼此凝視著對方。

*

要給我東西？聽布那麼說，我感到疑惑，也從床上起身，走到他身邊。

布從背包裡拿出一個約莫手心大小的盒子，遞給我。

「打開看看。」

我打開盒蓋，燈光照耀下，裡面的東西閃閃發光。

是藍色的小鳥別針。

張開飛翔的翅膀上描著金邊。

「是翠鳥喔。」

布溫柔地說。

「不是笑翠鳥，是翠鳥。所以才會有這麼美麗的藍色羽毛，而且也不會發出咯咯笑聲。只會用美妙的嗓音啾啾叫。」

「上次——」

布還在為上次吵架的事介意嗎？我有點慌張。但是，布急忙打斷我：

「不是喔，我不是記恨……其實只有在瑞面前，我一直希望自己能成為翠鳥，不是笑翠鳥。不想老是笑得不正經，想做個更像樣的人，陪伴在瑞身邊。雖然我做不到就是了。那麼至少，希望能把這份心意送給妳。」

布終究是奸詐的。都最後了，不能用不正經的態度帶過就好嗎？

如此表明心意的同時，這一定也同時在表達期限即將來臨的意思。

至今，我一直不願從布身上獲得任何有形的東西。布動不動就想拍照，我卻一張也不想拍。我才不要在之後回憶時陷入感傷。

可是，唯獨這個別針，我就收下吧。我這麼想。

這是我唯一帶走的龍宮寶盒。今後，要好好地活下去，這樣每次打開寶盒時，才能對昔日的自己抬頭挺胸。

「能遇見布真的太好了。」

我這麼說，布微笑道：「我也是。」

這樣就夠了。無論對我或對布來說都是。

布輕輕擁抱我，我把頭靠在他胸口，閉上眼睛。

一想到以後再也無法感受這體溫，我就忽然好想緊緊抓著布。可是，這心情一定是錯覺，只是別離之際的多愁善感罷了。單純的感傷，絕對、絕對只是這樣。

要是這時流露出任何一點難受的樣子，一切將會被我搞砸。擅自跨過布拉出的那條漂亮界線，那才真的是幼稚又難看的行為。我覺得自己不能做出這種不負責任的事。

把自己的手疊在布的手上，輕輕撫摸他的拇指。只有現在，由我主動。

就這樣，我倆迎接了新的一年。

在墨爾本一個小飯店裡的極樂天堂。

◇

傑克只在手邊的調色盤上擠出兩種顏色的顏料。
紅色。
和藍色。

輕輕撫摸停在紅色罩衫上的藍色小鳥，我重新坐正姿勢。
布看著我，我也同樣看著布。
四目交接了一會兒，輕佻的笑容從布臉上消失。
朝向我的，只有愛憐、疼惜的眼神。
那一瞬間，感覺就像被他從身體正中央緊緊攫住。

無法轉移視線。

你怎麼了，布？

別露出這種表情，快說些無聊冷笑話啊。

跟平常一樣嘻皮笑臉啊。

為什麼要用那種溫柔的眼神看我。

我想抗議。我真的好自私。

我們不知道這樣凝視了彼此多久。

只有撫過畫紙的筆尖奏著靜謐的樂曲。

不時穿插畫刀刻劃時的硬質尖銳聲響。

水花飛濺的聲音。

一點一點畫下的速寫。

沒有言語，只有時間流逝。

兩人在一起時曾說了那麼多話，現在只有四目交接，我們卻比過去任何一個時刻說了更多。

其實布才不是笑翠鳥，這點小事我當然明白。

我怎麼會不知道他是纖細的藍色翠鳥。

提出期間限定的建議，是布的溫柔，也是布的膽小。

為了保護我，也為了保護自己。

再過幾天，我就要回日本了。

期間限定的關係。我們談的是一場朝終點前進的戀情。

受到「規定好的事就非遵守不可」的義務感驅使。

冰凍般銳利的情感在體內衝撞，使我猛烈痛楚。
很快就將再也看不到布了。
我還沒說出真正想說的話，連一次也沒說過。

啊、布。
我喜歡布。非常非常喜歡。不想離開你。
情感湧上心頭。
布、布。
差點就要這麼吶喊著跑向他，緊緊擁抱他。
強忍淚水，忍住忍住忍住，我咬緊牙根。
淚水沿著布的臉頰滑落。

——好奸詐。

明明我都這麼努力忍住了。

有開始就有結束。

明知如此還是喜歡上的人。最愛的人。教會我真正的愛戀是什麼的人。

膽小的我們對彼此說的謊，和對自己說的謊一樣。

坐著的椅子撞上地板，發出劇烈聲響。

都怪我忽然站起來。

噯、布。

有結束是不是就有開始？

就算幼稚，就算難看，就算痛苦就算寂寞，只要那是我們的戀情——

# 第二章

# 東京鐵塔與維多利亞藝術中心

當人生的航道改變方向之後，我察覺到一件事。那就是，一眼瞬間墜入情網，這種一見鍾情的對象未必限於人類。

比方說，那令我如觸電般深受吸引的一幅畫。

與那美麗的藍色相遇，是我還在讀美術大學時的遙遠記憶。在墨爾本的某個角落，一間小小的畫具店發生的事。

傑克・傑克遜。

我從未忘記那個畫家特殊的名字。連一次也未曾忘記。

前一天還下個不停的雨像騙人似的，今天是個陽光燦爛的大晴天。關東地區的梅雨季差不多要過了。

正當我比對發貨單和商品，確認無誤時，工房的門打了開。

上午一眨眼就晃出門去了的村崎[3]先生一句話也不說，慢條斯理地走進來。

曬得黝黑的臉上滴落汗水。他是這間位於東京一隅，只雇用我一名員工的小小裱框工房老闆。

「ARBRE工房」成立至今十三年，主要業務是為畫商或畫家提供手工訂製或販售現成畫框。

二十九歲那年獨自創業，開了這間工房的村崎先生正好大我一輪，連生肖都一樣。他是個沉默寡言的人，只說最低限度必須說的話，臉上的肌肉幾乎不太活動，不知道到底都在想些什麼。

當年就讀美大四年級，正在找工作的我，看到了地區性報紙上刊登的一小塊徵人啟事。在那之前，這間工房只靠村崎先生一個人支撐。他似乎沒料到會有應屆畢業生來應徵，面試時始終疑惑地歪著腦袋。也沒問我幾個問題就決定錄用，倒使我一陣錯愕。不過後來想想，大概是因為沒有其他應徵者吧。

❸村崎在日語中的發音為Murasaki，與「紫色」同音。

之後過了八年，我都三十歲了，比村崎先生創業時的年紀還大。

「您回來啦。」

我把發貨單放在桌上，調低冷氣溫度。村崎先生怕熱，而且小小工房裡一擠進兩個大男人，溫度就會突然上升。

村崎先生把一個粗粗硬硬的咖啡色東西「咚」一聲放在桌上。形狀不規則的濕潤木材，應該是漂流木。

「您又去河邊了啊？」

我這麼問，村崎先生點點頭。

昨天下了大雨，他大概算準會有什麼漂上河岸才去的吧。將漂流木放在桌上，村崎先生蹲下來，宛如四目交接般盯著那根木頭。

從工房走路約十分鐘的地方有片河床，很適合散步或小憩，村崎先生常在那裡畫素描或看書，有時也像這樣撿拾什麼回來。然後，用撿來的木材做成畫框。

那些畫框都不是人家委託他做的。

我視線再次回到發貨單上。旁邊的紙箱裡，放著廠商送來的幾個現成畫框。我得繼續檢查商品，用原子筆在發貨單上作記號。

來工房工作的頭幾年很開心，接觸到的都是以前的我所不知道的事，天天都有新發現。

畫框的構造，選擇木材的方法，塗料和金箔的相關知識，雕刻畫框的技術……必須學習的東西太多了，村崎先生一一仔細傳授給我。他從來不閒聊，嚴肅到近乎可怕的地步，但只要提出問題，絕對是有問必答。

雷諾瓦、畢卡索、莫迪利亞尼……原來有些大師的作品，從畫好之後直到今天，一直都裱在同一個畫框裡。

知道這個時，我打從內心感到震撼。不只跨越了將近百年的時間，橫渡眾多國境，作品與畫框今後或許還會攜手共度更漫長的旅程。這豈不是一件非常浪漫的事。

而能為那幅畫打造最適合它的畫框的人，就是我們裱框工匠。不只是製作一個畫框就了事，還要配合之後掛畫的空間思考。

「沒有夢想是不行的。」

村崎先生偶爾會這麼喃喃低語。

這種話居然從他嘴裡說出來，不管聽幾次我都會嚇到。就是這麼令人意想不到。

夢想。對裱框的夢想。對畫作的夢想。把夢想寄託在這些不會說話的對象上，或許確實很像粗獷的工匠會說的話。

檢查完商品，我把包材塞進紙箱，用封箱膠帶封起來。

工房接到的訂單，幾乎都像這樣，只是訂購現成的產品。對於這件事，現在我已經不再感覺空虛了。因為只有極為少數時間和金錢都充裕的畫商或畫家，才有預算從零開始量身訂做一個講究的專屬畫框。

偶爾接到訂製畫框的委託，大多也只是使用廠商設計好，名為「線板」的裝飾木材組裝而成。因為那樣比較便宜又省時。

使用線板組裝也好，完全從零打造也好，透過村崎先生的人脈，工房採購的畫框材料種類相當豐富，連襯底卡紙如何搭配都可以討論，這點大受好評，客人往往會再介紹其他客人來。工房的經營就這樣上了軌道。

跟村崎先生有多年交情的收藏家來委託訂製畫框時，我也可以幫忙，不過這種機會一年頂多一兩次。我原本以為，裱框的工作是和畫家及作品從最初到最後一起講究每個細節，但至今幾乎沒有這樣的經驗。空有村崎先生傳授的一身知識和技術，繼續這樣下去，恐怕都要忘光了。

當然，現成的畫框也有很多優點。不但能用低價買齊一整批同樣的東西，最重要的是馬上就能拿來用。

畫家在畫展前夕好不容易完成作品，才猛然想起忘了訂製畫框，急忙跑來求助的例子，我看過太多了。

手工製作的畫框快則十天，通常至少需要一個月左右的時間。這樣的話，還不如從現成製品中挑選「最符合理想」的來用更好。

最近我甚至開始覺得，這樣也沒關係了。

這裡不是一百年前的法國，也沒有雷諾瓦、畢卡索或莫迪利亞尼。這裡是以大量生產快速流通的商品獲得成功的現代經濟大國，日本。

村崎先生小心翼翼抱著那塊漂流木，朝後門走去。看他順手拿了一疊舊報紙，應該是要把漂流木拿去曬太陽吧。

這或許就是村崎先生的「夢想」。像是嗜好的延長，又像孩子們撿拾橡實做手工藝品玩。

一邊把紙箱搬上收納櫃，我想起昨晚在居酒屋，久違地跟美大時代的朋友次郎喝酒時聊到的話。

美大畢業後，次郎進了文具公司當業務。

他算是很早就認清「想靠畫畫養活自己太天真」，果斷決定了將來職業的人。工作做得滿開心的，上司也很疼他。

聽次郎說起公司前輩帶他去喝酒，還有員工旅遊時和可愛女同事增進了情感的事，我每次都好羨慕。

「空知竟然能在裱框工房工作這麼久。」

次郎用佩服的口吻說著，我只能不置可否點頭。

「嗯，是啊。」

「雖說我的工作和美術幾乎無關了，像我們這種曾經畫過畫的人從事裱框工作，不會很難受嗎？或者該說距離太近了？再說，就算裱了框，受矚目的還是畫作本身，空知的名字也不會出現在檯面上吧？」

別說這個了，我到現在連一個完整的框都沒裱過呢。這句話，只能和Highball威士忌一起吞下肚。

次郎抓起一根毛豆莢，愉悅地說「對了」。

「我升職了。」

「是喔，很厲害耶。」

看著紅著臉「耶嘿」一笑的次郎，心中產生尖銳的情緒。為了打消這份情緒，我戳了戳次郎說：

「那今天這頓就由次郎請客嘍！」

嘴上說「什麼啊」，次郎仍叫來店員，點了新的啤酒。

我說不定在什麼地方搞錯了。

或許應該在更輕鬆愉快，不用擔心將來的職場工作才對。

現在的我沒有前輩也沒有同事，在職場上只跟一個面無表情的大叔獨處，待的又是明顯的夕陽產業，這樣下去真的沒問題嗎？

如果現在日本沒有裱框工匠的需求，也許該試著轉換跑道比較好。三十大關當前，我開始思考起這件事。

傍晚，約好送作品來的兩位畫廊工作人員來到工房。

「承蒙照顧了，我們是圓城寺畫廊的人。」

畫廊的男性經營者圓城寺先生站在門口，露出笑容。短袖襯衫袖口露出細細的手臂，牢牢抱著夾在大張厚紙板裡的畫作。

跟在他身後的，是扛著小一號畫作的立花小姐，一頭活力十足的短鮑伯髮型，給人可愛的印象。雖然不清楚實際年齡，圓城寺先生和立花小姐應該和我年紀差不多，或只比我大幾歲吧。

「喔喔。」

村崎先生以眼神向他們打招呼，示意兩位進來。我快速整理東西，騰出工作台，好讓他們把畫作攤開。

事前已經聽他們說過這次委託的內容了。圓城寺畫廊這次帶來五幅作品，裱框後將參加初秋舉行的畫展。

聽說這次的畫展由好幾個畫廊共同舉辦，不問作者有名無名，每間畫廊皆提供自認最棒的珍藏佳作。畫展的目的不是販售，只是單純展示。

「這次展覽規模比較大，想奢侈一點請您幫忙換上新的框。」

圓城寺先生這麼說。

村崎先生在寬敞的工作台上一張一張檢視畫作。

這種時候，都會戴上白手套，小心翼翼地拿取。客戶寶貴的作品暫放工房的這段期間，我們總是很緊張。

「圓城寺畫廊一如往常有眼光啊。」

村崎先生瞇起眼睛，圓城寺先生害羞地說：「能聽到您這麼說真榮幸。」

緊緊跟隨在他身邊的立花小姐轉向村崎先生：

「要幫我們弄漂亮一點喔。」

「也是要看預算啦。」

村崎先生這麼輕聲回應，他們兩人看了對方一眼，小聲笑起來。接著，將畫作重新仔細包好，一行人移動到茶几旁準備討論裱框事宜。

我從冰箱裡拿出裝有麥茶的水壺，倒進四個玻璃杯。

圓城寺畫廊與ARBRE工房往來差不多兩年了。

聽說他們兩位五年前，一起從靜岡到東京，還說用自己的方式開一間畫廊是他們的夢想。
不知道是不是一對戀人？應該是吧，感情好得令人羨慕。
哎哎，他們也是有夢想的人。
好好喔，可以和喜歡的人一起做夢，一起實現那個夢想。
端著放有麥茶的托盤走到茶几邊，圓城寺先生正把寫了作品清單的紙張遞給村崎先生。
村崎先生皺眉沉吟，手上拿著計算機。估價是重要的工作，而最令他棘手的工作似乎也是這個。村崎先生嘟嘟噥噥地問圓城寺先生：
「一張一張看狀況估預算嗎？還是你們提出五張合計的總預算，由我們這邊分配運用？」
「給你一個總預算。這次從木材、設計到襯紙，我們都不出意見，全權交給ARBRE決定。」
「全權？」

「對，因為這次的展覽目的不是販售，更像一場各家畫廊共襄盛舉的嘉年華會，我們很想知道ARBRE會做出怎樣的裱框，也很期待。我們對村崎先生是全面信任，這次要麻煩您了。」

圓城寺先生低下頭來。

村崎先生靠在椅背上，雙手環抱胸前。

「……太榮幸了。」

喝一大口麥茶，村崎先生正襟危坐，朝向圓城寺畫廊的兩位。

「請交給我們吧，我們會用心去做，實現完美的婚姻。」

我不由得發出驚呼。

「欸，圓城寺先生，兩位要結婚了嗎？」

圓城寺先生笑著揮手說：「沒有啦、沒有啦。」

「所謂完美的結婚，是用來形容畫作和畫框搭配得天衣無縫的狀態喔。好像是歐洲裱框業界的某個人最早開始這麼說的。」

聽了他的說明，村崎先生也托著下巴開口：

「自己不出風頭，始終襯托、保護、支持、支援著畫作……畫框就是這麼堅毅強韌。」

立花小姐歪了歪頭問：

「這麼說來，畫作和畫框誰是男人，誰是女人啊？」

被她一逼問，村崎先生不禁視線游移，顧左右而言他。

圓城寺先生輕輕微笑起來：

「都有可能吧，不同時間與場合，或許就會有不同的狀況呀。不是『想要像這樣的人』，而是『想要這個人』，彼此都能夠這麼想時，就是完美的配對了喔。因為每個人都是獨一無二的。」

雖然表面上說的是畫作和畫框，其實他根本就是在放閃吧？

我猶豫著該不該傻笑，用力抿緊嘴唇。

立花小姐沒說什麼，視線也看著別的地方，但是表情有種說不出的滿足。

「畫框[4]也是一種『緣分』嘛。」

圓城寺先生說著，彷彿自言自語。

圓城寺先生他們回去之後，村崎先生把寫有作品清單的紙張交給我，要我也影印一份拿著。說完，他就走向後門去了。大概是要去看漂流木曝曬的狀況。

我把清單放在影印機上，吐出印好的另一份。拿起來一看，清單中的一行字宛如發光般浮起，我睜大眼睛。

《速寫》傑克・傑克遜　澳洲　水彩

像是從記憶之海裡冒出來的名字。

傑克・傑克遜？

我按捺著激動的情緒，走到工作台旁檢視圓城寺畫廊帶來的作品。查看貼在厚紙板上的標籤。《速寫》，就是這個了。戴上白手套，輕輕掀開厚紙板和中間薄薄的襯紙，底下出現一個穿紅衣的年輕女孩。

展現長髮柔順與光澤的技法。一看到這個筆觸，我差點流下眼淚。

傑克。啊，是傑克。沒想到終於在這裡見到了你。

——大三那年春假，邀我一起參加墨爾本便宜旅行團的人就是次郎。

充滿藝術氣息的城市，墨爾本。壯觀的大洋路，菲利普島上的企鵝。我們參加的是旅行社企劃的六天四夜行程，快速走訪各個觀光勝地，玩得很開心。

其中只有一天自由行，讓團員自己逛市區。我和次郎刻意分頭行動。

我獨自在街上漫步，主要目標是維多利亞國立美術館。

❹日語寫成額緣。

街頭建築牆上有著色彩繽紛的噴漆藝術，這裡是可以自由「塗鴉」的地區。說是「塗鴉」，藝術水準其實很高。也看到有人直接用蠟筆在地上作畫，真的好像整座城市就是一張畫布。

建築一角有扇門敞開，往內探頭窺看，似乎是一間畫具店。我走了進去。一位高壯的大叔站在櫃檯邊，一旁有個捲毛青年坐在椅子上。和我四目相接，他露出親暱的笑容，明明是初次見面。受到他的感染，我也微笑以對。

他面前放著一張小桌，上面是雜亂無章的畫紙和顏料等畫具。與其說在畫畫，看上去更像在紙上試用各種畫具。

旁邊牆上掛著一張水彩畫。深藍底色上以通透的青色勾勒出高高瘦瘦的細緻三角鐵塔。塔底的形狀宛如裙襬般優雅散開。

這幅畫深深吸引了我的心。

眼睛、胸口、雙手雙腳……整個身體就像在看見這幅畫的瞬間被吸了進去一般。有生以來，第一次產生這樣的心情。

多麼美麗的青色。聳立其中的那座塔，筆觸纖細而有力。足以撼動看到這幅畫的人內心深處，又散發足以立刻平息這份震撼的靜謐……
真是極具魅力的作品。我好想永遠永遠盯著它看。
見我凝視這幅畫，仍坐在椅子上的傑克用英語說：
「那是我畫的。」
我英語不太好，但也聽得懂他說的是這個意思。
畫作下方貼著一張紙，上面是手寫字跡的「Jack Jackson」。
傑克．傑克遜。令人印象深刻的名字。
「好美的畫。」
我簡短地這麼說。忘了是說 beautiful 還是 fantastic，缺乏詞彙能力的我只能吐出這類單字。苦於無法好好表達，甚至到了不甘心的地步。那幅畫就是如此出色。在突顯水彩柔和世界觀的同時，卻也以銳利的線條表現了高塔的犀利光芒。
「這是維多利亞藝術中心的鐵塔喔。」

他跳下椅子，站到我旁邊。這麼一看，才發現這男人比想像中矮。連對身高不算高的我笑的時候，他都要微微仰頭。

耳朵捕捉到了「維多利亞藝術中心」這個詞彙，我對照手邊的地圖。剛才應該有經過這地方才對。一個融合了劇場及電影院的複合設施，建築上方就有一座這樣的高塔。

可是，我看見的塔不是青色，應該是白色啊。導覽書上也說，維多利亞藝術中心的鐵塔是墨爾本的象徵。遠遠就能看見，散步時都拿它當地標。

我不知道該說什麼，只能盯著畫瞧。看我這樣，傑克又說：

「到了晚上，鐵塔就會像這樣打亮青色的燈光。」

原來如此，這幅畫是夜景啊。

青色發光的鐵塔，傲然挺立於溫柔的夜裡。這對比強烈的美，再一次吸引了我的目光。水彩畫筆是怎麼畫出如此銳利線條的呢？

「這是怎麼畫的？」

我提出疑惑，傑克看似很高興地說「你看著」，重新坐回椅子上。

他在調色盤上擠出青色的顏料，用飽含水分的畫筆蘸取。在畫紙上塗上滿滿的青色後，就把筆放下，重新拿起另外一支畫具。

是畫刀。

傑克用菱形的畫刀刀尖迅速劃過畫紙上的那片青。「唰」的一聲，上面頓時出現白色線條。我情不自禁發出「喔喔！」的驚呼。

「scratch、scratch……」

一邊發出歌唱般的低喃，傑克用畫刀在紙上刮了又刮，心情非常好的樣子。青色之中，刮出了網狀的白色。等顏料乾了，就再暈染一層淡淡的青色，有些地方也保留了刮出的白色。原來那張畫是這樣畫出來的啊。

他讓我看了各種在水彩畫上使用畫刀的技法。

像是用刀刃側面蘸取顏料，滑過紙張表面就拉出了一條水潤的直線，或是先在紙上滴水，再用刀面啪啪拍打，將顏色壓上去，形成意想不到的上色不均，卻也別有一種意趣。

對於在美大專攻油畫的我來說，畫刀是再熟悉也不過的工具。可是，和油畫立體的技法不同，畫刀竟然也能像這樣在水彩領域裡大顯身手。

「要不要試試看？」

傑克抬起頭問，我用力點頭。

他問我要用什麼顏色，我毫不猶豫從顏料盒裡選了紅色。

先在畫紙角落塗上一層紅色，再把畫刀放上去。

唰！手上傳來俐落的觸感。內心充滿激昂的情緒，我也學傑克低喃起「scratch、scratch……」。

「在日本，我們也有這樣的塔喔。紅色的東京鐵塔。」

我很快地勾勒出三角形，畫出一座簡單的東京鐵塔給他看。就是為了告訴傑克這個，才特地選了紅色顏料。

喔！傑克眼神發光。

「我也想去看看東京鐵塔，雖然還沒去過日本，但對那裡非常感興趣，我也有日本朋友喔。」

接下來，傑克和我用簡單的英語及肢體語言說了許多關於彼此的事。當時店裡沒有其他客人，櫃檯裡那個看似老闆的大叔正專心玩著報紙上的填字遊戲。

傑克說他一邊畫畫一邊同時打好幾份工。這間畫具店也是其中一個打工地點。最近他參加了畫展，拿下一個小獎。此外，儘管數量還不多，也開始有人委託他創作作品了。得知他和我一樣二十一歲時，彼此還小小激動了一下。

唯有一件事我無法接受。

他那張描繪藝術中心鐵塔的畫，裱在一個暗沉的古銅色廉價畫框裡。上框中央那個愛心形的裝飾，看起來就像跑錯場子般不知所措。怎麼看都是從要報廢的畫框裡隨手拿了尺寸適當的來用而已。

再次打量那個陳舊的畫框，內心一陣酸楚，甚至還有點氣憤。這麼美好的一幅畫，為什麼非得承受這種待遇不可？

絕對有更配得上這幅畫的畫框。

這明明是更值得受到珍惜對待的作品。

「這個框是……？」

我語帶保留地發問，傑克微微苦笑。看來，他自己也不滿意這個畫框。

「拿店裡倉庫現有的來用。真希望我的畫遇得到一個讓它能永遠舒適待在裡面的畫框。」

這時，有幾位女客走了進來，嘰哩呱啦地對大叔老闆說起英語。傑克也被老闆叫過去，似乎在商量什麼複雜的問題。我看看手錶，和次郎約定會合的時間逼近，不走不行了。

傑克正一臉為難地跟客人討論什麼，我實在不好意思打擾，只好帶著依依不捨的心情離開畫具店。

傑克．傑克遜。腦中複誦這個名字。一次又一次。

回國之後，無論如何都忘不掉那幅畫。同樣的，也每次都會想起那個畫框。

要是能為那幅畫裝上更能襯托魅力的畫框有多好。我從小就喜歡畫畫，這可能是第一次，終於也注意到畫框的「存在」。

大學裡沒有關於裱框的專業課程，自己畫好的作品，多半直接以畫布的狀態掛在牆上。

對畫框產生強烈興趣的我，造訪了所有能去的美術館，到處觀察畫框。怎樣的框適合搭配傑克那幅畫呢？畫框工匠都是如何為畫作配框的呢？思考著這些事，漸漸地，比起畫作，我對畫框更熱衷了。

工匠親手打造的畫框沒有一個相同，各有各的表情。框的粗細、厚薄、形狀、顏色，以及上面雕刻的裝飾與圖案，全都不一樣。裱了不同的框，畫作給人印象也會完全不同吧。然而不可思議的是，無論使用製作得多豪華的畫框，眼睛看的還是框裡的畫。

但是，這說不定只是錯覺。我們浸淫於畫作魅力的同時，也確實將畫框看進了眼中。畫框不過度出風頭，默默烘托著畫，達到驚人的和諧。一方面充滿了藝術性，一方面又經過縝密的設計。畫框這東西真有趣。

我想製作畫框。曾幾何時，開始希望親手製作這樣的畫框。這個念頭不斷湧現。

後來，在就職活動中發現了「ARBRE工房」，我立刻決定了目標，希望有朝一日，自己也能成為畫框工匠。與傑克及他的畫作相遇後，我將跑道從畫畫轉換為畫框了。

儘管沒有預知能力，但我內心強烈確信。毋庸置疑的，傑克未來一定能成為一位成功的畫家。那樣的畫，那樣的人，不可能被埋沒在那個地方。

當傑克成為一位了不起的畫家時，我希望自己也已成為一個能自豪接受裱框委託的高明工匠。

當時，我確實這麼想——

村崎先生從後門回來了。

果然不出我所料，他腋下夾著那塊漂流木。看到我呆呆站在工作台前，露出疑惑的表情走過來。

那之後我再沒見過傑克，也不知道他何時畫了這幅名為《速寫》的畫。可是，他已經像這樣，成為作品受到日本畫廊重視的畫家了。

「村崎先生……」

「嗯？」

「我……能不能讓我裱這幅畫的框？」

村崎先生張著嘴巴，但沒有說話，只是瞪大眼睛看我。

「……我和傑克……和這幅畫的作者見過一次面。正是因為遇見他的畫，我才開始對畫框感興趣。」

我把緣由告訴村崎先生。短暫停頓後，他點點頭：

「我知道了。這幅畫就交給你一個人裱框，你想怎麼做都行。」

我一個人。這句話的分量之重，即使是自己主動提出想做的要求，聽了仍不免倒抽一口氣。村崎先生面無表情地繼續：

「我自認已經教會你從頭到尾一個人完成一副畫框的技術了。」

「……非常感謝您！」

內心的創作欲望，如積雨雲般不斷膨脹。

墨爾本那間畫具店的大門再次為我敞開了。一定是這樣的。

村崎先生回去後，我獨自面對工作台。

這幅名為《速寫》的水彩畫，畫的是半身人物像。

看起來，應該只用了兩種顏色的顏料繪成。紅色與藍色。色彩融合得恰到好處，而這樣的配色，更令我忍不住想起在墨爾本與傑克相遇那天的事，甚至覺得這就是命運的安排。

畫中的女孩看上去約莫二十歲左右。穿著紅色上衣，胸口別著藍色的小鳥別針。她稍微側身，看著前方……不、眼神似乎凝視著站在那裡的誰……

臉上是哀傷的表情。可是為什麼呢？我從那雙安靜寂寞的眼眸之中，感受到激動沸騰般的熱情。

從五官和髮質等特徵，不難想像畫中的女孩是東方人。用來展現柔順清爽長髮的幾許纖細線條，看得出正是傑克擅長的畫刀技法。我彷彿都能看見傑克描繪這幅畫時的樣子了。

「速寫」有草圖的意思。不是底稿，而是在正式作畫前，用另一張紙或板子自由描繪出腦中的構想。畫家透過速寫，將腦中的東西初次帶到這世上。畫著畫著，又誕生出新的東西。於想像與現實中來回穿梭，就這麼慢慢淬鍊出一幅作品。速寫或許可以說是創作一幅畫時「最初的儀式」。

為什麼這幅畫的標題會叫《速寫》呢？這點我不得而知。或許是直接把速寫當成了作品？又或者發生在這女孩周遭的事有著速寫般的情節？

傑克說過他有日本朋友，就是指這個女孩嗎？無論如何，既然能為他擔任人像模特兒，兩人之間應該有某種交情才對。

我攤開方格紙，著手設計畫框。

首先是畫框的形狀。為了不抹消畫作本身散發的靜謐感，最好避免太多裝飾性的東西。話雖如此，過於簡約又會使作品整體氛圍顯得暗沉。我沉吟了一會兒，再次凝視畫中女孩。

她擁有一種孤獨的氣質，泫然欲泣的表情。有沒有什麼……想為這樣的她帶來一絲希望……

目光驀然停留在胸口的別針。藍色小鳥，正要自由展翅飛向高空。

就是這個了。

我拿起鉛筆，快速滑過方格紙的表面。

框條從內側往外側呈現山形的弧度。外側相當於山腳的部分趨於平緩。這麼一來，橫切面看起來就會像鳥展開的翅膀。雖然四邊組裝起來之後就變得不明顯了，但這暗藏其中的心思必然會悄然流露於外。

接著，是在畫框平坦的四個角落加上……翅膀造型的雕刻。就這麼做吧。像是用這可愛的手法為她鼓舞勇氣一般。

這麼一來，還得考慮畫框粗細的問題。太粗的框會讓畫面過於沉重，太細又無法在上面雕刻圖案。

我把裝滿線板樣本的箱子搬到工作台上。這些都是工廠製作好的現成框條，只要裁切成需要的長度再組裝成框就可以了。幸運的是，ARBRE工房的線板種類相當豐富。

我試圖從裡面找最接近設計圖的形狀。過去幫村崎先生用這種方式做過好幾次裱框工作，相信這次也能找到適合的款式才對。

取出好幾條橫切面呈山形的線板，一邊對著畫作比畫，一邊在腦中想像完成後的樣子。可是，始終無法決定到底要用哪一款。

……總覺得，有什麼不對。

總是差了那麼一點。明明不是什麼複雜的設計，為什麼會這樣呢？眼前有那麼多框條和我的設計圖相似，應該已經很接近理想了啊，到底是哪裡不對呢？

我閉上眼睛嘆氣，站起來，打算休息一下。

走到冰箱旁，正要伸手去拿裝麥茶的水壺時，腦中浮現圓城寺先生的話：

「不是『想要像這樣的人』，而是『想要這個人』，彼此都能夠這麼想時，就是完美的配對了喔。因為每個人都是獨一無二的。」

啊。我情不自禁驚呼。

一直以來，我都是選擇「最接近理想」的現成框條來組裝成框。忘了從什麼時候開始，養成了用這種方式工作的習慣。

試著用畫框與畫作代入圓城寺先生的話中。

——不是「想要像這樣的框」，而是「想要這個框」。

那才是完美的配對，因為每幅畫都是獨一無二的。

關上冰箱門，跑向工房角落，那裡是放置木材的地方。

我開始挑選木材。

不是「接近理想的東西」，而是做出獨一無二，非它不可的東西。

隔天早上，村崎先生的聲音喚醒了我。看到我睡在工房長凳上，他似乎很擔心，過來搖了我幾下。

「你昨晚睡在這嗎？」

我揉著惺忪睡眼，從椅子上起身。昨晚只是想躺一下，沒想到就這麼睡著了。

「趕不上最後一班電車，想說乾脆在店裡繼續工作。」

「別把身體搞壞了啊。」

村崎先生皺著眉頭這麼說。我含混答應著站起來。

「村崎先生，我……有件事想跟您商量。」

看我一眼，村崎先生在桌旁坐下，指著椅子要我也坐。我在村崎先生對面坐了下來。

「那幅畫的框，可以不要用現成線板，改用木材從頭開始製作嗎？」

製作的方法，過去幫村崎先生忙時我已學會，也自己做過練習。不過，我從沒幫客人做過以木材從頭打造的畫框。另外，這麼說雖然有點失禮，圓城寺畫廊這次的預算可能也不夠。

我下定決心好不容易開了口，村崎先生卻一點也不驚訝似的，很乾脆地回答：

「你終於說出這句話了，我一直在等你這麼說喔。」

「可是，預算那些怎麼辦……」

我忐忑地回答，村崎先生就揚起嘴角笑了。

「其中一個框，我會用漂流木來做。這麼一來，就算你做的框要花比較多錢，也剛好可以抵銷。」

我又是高興又是鬆了口氣，笑著說：「畢竟漂流木免錢嘛！」沒想到，村崎先生露出不贊同的表情。

「那不叫『免錢』，是『無價』。」

村崎先生放在桌上的雙手交握。

「這次圓城寺畫廊帶來的作品裡，有一張描繪十九世紀流浪賣藝團的油畫。賣藝團的成員應該是一家人吧，有老人也有小孩。看到那張畫時，我心想，這塊漂流木正好可以派上用場，再適合也不過了。這是一塊不斷漂流，見識過各式各樣景色的漂流木，我要將它經歷漫長時光與豐富經驗後淬鍊散發的表情及味道，原原本本運用在這幅畫的畫框上。」

村崎先生語氣帶點激動，使我感到困惑。

村崎總是默默做自己手邊的工作，還以為他是個隨時都能保持冷靜的人。不過我錯了。原來他是這麼地熱愛裱框的工作，懷抱這份熱情親手打造出一個又一個的畫框。

彷彿特地為他準備似的，歷經千山萬水，這塊漂流木跋涉到村崎先生手中。

原來如此，原來是這樣啊。

「村崎先生，您撿拾漂流木，原來是為這種時候做準備啊。」

我恍然大悟，村崎先生卻又搖頭說「不」。

「這次只是碰巧。和能不能做成商品無關，我只是想留下親手做的畫框而已。要是不留下看得到的形式，就無從得知怎麼做了。」

看得到？怎麼做？給誰看？讓誰得知？

見我一頭霧水，村崎先生摸著下巴說：

「我啊，一直都懷抱著危機意識，覺得日本美術現在的狀況很不妙。光從素材來說，例如江戶時代以前的書卷，到現在都還保存得很完整吧？可是，近百年來製造的紙，卻因為脆化粉碎，撐不了那麼久。寶貴的文獻和畫作都碎成粉了啊。從前日本有很多優越的技術，因為只靠口耳相傳，很多都沒能繼承下來，就這樣消失了。隨著自動化的演進，各行各業愈來愈無法花費大把時間精力培養繼承者。工業革命之後成長的不是各行各業的徒弟，只有高樓大廈不斷增加而已。」

村崎先生話匣子一打開就停不住，我默默側耳傾聽。他目光望向遠方，繼續說：

「裱框不該是專屬知名畫家或美術館的事。非常普通的一般民眾家中，應該也可以把裱框這件事視為日常生活的一部分，抱持輕鬆的觀念看待。孩子的畫也好，喜歡的人送的明信片也好，如果這些看了就會心情好的東西總是掛在隨時可見的地方，生活一定更加豐富。我想盡可能讓更多人知道裱框的好處，讓裱框的技術得以流傳。希望大家能理解裱框這件事，成為對一般人來說更親近生活的東西。這就是我的夢想。讓畫作與人類的日常營生共存，成就真正豐富的生活。」

這真的是我第一次看村崎先生一口氣說這麼多話。

平時沉默寡言的他，內心隱含了這麼多的想法，我竟然從未嘗試去理解。

「沒有夢想是不行的」，一切都濃縮在這句話中。

我終於明白。

村崎先生的夢想……不只是對畫框或作品，而是對每日的生活懷抱的夢想。

那些擁有活生生肉體與心靈的，人們。

村崎先生朝我投以一瞥。

「決定好要用哪種木材了嗎？」

我立刻點頭。

「櫻花木。」

傑克曾說過他對日本感興趣，身為日本人，就用櫻花木來傳達我對他的友愛之情吧。

決定好設計，開始裁切木材。

畫作的尺寸是Ｂ４。框和畫中間要保留一點距離，決定框條長度時，也要一併思考內櫬卡紙的寬度。因為是豎放的人像畫，上下的留白要比左右的留白多抓一點，整體看起來才會更穩重。這些細節的計算都會影響整張畫作給人的印象。

我心無旁騖，使用電鋸和刨刀將木材製作為木框。

面對尚無任何加工的木材時，總感覺得到木頭在呼吸。

反折、扭曲、斑紋或木節。每一根木材，無論從哪裡切下哪一段，都有各自的特色。

是啊。木材原本也是有生命的樹木。和我們一樣。

我忽然想起這間工房的名稱。

ARBRE，法語中「樹木」的意思。

沒有比這更適合的名字了。在木材的芳香中，我輕輕撫摸櫻花木。

一邊不時請村崎先生檢查，一邊慢工細活地打造出木框形狀，配合畫作尺寸，小心翼翼組合起來。

逐漸看得出畫框的全貌，安心的同時，也有新的緊張誕生。

展翅鳥羽的雕刻，這是相當重要的部分。要是雕得不好，不符合這副畫框該有的形象，一切將就此搞砸。我翻遍了圖鑑與畫冊，研究各種鳥類的翅膀。到底該雕刻哪種模樣的翅膀才好呢……

回憶與傑克共度的短暫時光，從中找尋線索。當時傑克很開心地教了我在水彩畫上使用畫刀的技法。

scratch、scratch。

……對了，就是「scratch」。不是拿雕刻刀刻出深邃立體的東西，而是用針尖細細削出圖案。不過度強調自己的存在感，但要保有優雅與可愛的氣質。讓畫框四個角落的翅膀，輕輕包覆畫中女孩內心暗藏的痛苦。

畫框的製作進展順利得驚人。刻好翅膀，用砂紙打磨出光滑的表面，整個過程我都感到十分充實。

最後是「壓箔」，也就是用燙金或燙銀等工法來做最後的收尾。我打開其中一個裝滿箔料的抽屜，輕輕拿出包在和紙裡的箔料。

除了純金箔，還有各式各樣的箔料。像是純銀箔、黃銅箔、錫箔、鉛箔、黑箔、白金箔等等。

我早已打定主意要使用純金箔，雖然造價昂貴，但一說到壓箔，當然非燙金莫屬，村崎先生也說可以不用擔心預算。別的不提，唯有純金箔才足以傳達我對這副畫框的心意。我希望能讓它擁有最高等級的璀璨光芒。

可是，當我打開包裹純金箔的和紙，那金黃色的刺眼光芒映入眼簾時，手卻停了下來。就像穿錯別人的鞋子，感覺總有哪裡不對勁。

為了強調那幅畫的魅力，這真的是最佳選擇嗎？

把和紙重新蓋回去，我陷入深思。

如果想將作品烘托得更洗練沉穩，或許該選擇銀箔。或者根本就不要壓箔，保留木材本身質樸的味道比較好？

不，還是該用純金箔，不這麼做無法祝賀我們奇蹟的重逢。不、可是……

愈思考愈不知該如何是好。

和自己畫圖時的糾結或猶豫不一樣，我不知道自己能任性做自己想做的事到什麼程度。

次郎上次說：「就算裱了框，受矚目的還是畫作本身，空知的名字也不會出現在檯面上吧？」

他說得沒錯。但也正因如此，或許更該堅持貫徹自己的想法？

可是……這樣的畫框工匠，真的稱得上貼近了作品嗎？這樣難道不是對畫家的心情視若無睹嗎？

畫框不能比畫作搶眼。我是畫框，傑克是畫作。

如果是傑克……

如果是傑克，他會希望我怎麼做？

——真希望我的畫遇得到一個讓它能永遠舒適待在裡面的畫框……

當時他說這句話的聲音，彷彿從遠方響起，傳入我的耳中，使我拿定了主意。

該用的不是純金箔。純金箔光芒太強烈，會掩蓋過這幅作品散發的淡淡微光。

最適合這幅作品的是……

我將純金箔包回去，毫不猶豫拉開另一個抽屜。

黃銅箔。我如此確信。

黃銅箔乍看之下很像金箔，其實是用銅和鋅做成。使用的銅鋅比例不同，呈現的色調也會有所差異。

我從抽屜裡拿出來的是黃銅箔三號色，偏藍。

因為加入比例較高的鋅，金銅之中泛著藍色的光澤。這擁有內斂光芒的顏色，一定能點出畫中女孩內心的溫暖。

我屏氣凝神，使用金箔膠專注地將箔料壓上木框表面。

每當極度薄脆的箔料彷彿吸附一般與木頭同化，我都感覺得到，自己和傑克像是不可思議地融為了一體。

就算他人不在這裡，就算再多年不見，我也毫不懷疑，我們現在正一起製作著這個畫框。

雖然次郎說得沒錯，即使傾盡全力，灌注心魂，畫框工匠的名字仍無法出現在檯面上。不管我們為畫框絞盡了多少腦汁，花費了多少時間與情感，也沒有人會知道。可是——

我自己知道。

我自己知道，這獨一無二的美好畫框出於我之手。

這就是我的驕傲，這樣就夠了。

啊，我現在正在從事多麼幸福的工作。

等等我喔，傑克。

我會完成它的，完成此後百年持續守護這幅畫的畫框。

凝視著裱好框的《速寫》，村崎先生沉默了好半晌。

我全身緊張，等待村崎先生的評語。

他緩緩抬起頭，靜靜微笑。

「原本不是說要用純金箔嗎？還真下定決心改用黃銅箔了啊，空知。我認為這是明智的決定喔。」

聽到他這麼說，我鬆了一大口氣，整個人都虛脫了。

村崎先生露出滿意的表情繼續說：

「裱框的人對畫家或作品投入太多個人情感，有時是一件風險很大的事。愛愈深愈要保持冷靜，做出正確判斷才行。有時，必須拋棄某些情感。」

接著，他把食指放在下框的部分，微微一笑道：

「這裡，箔料貼得不太均勻的地方還真不錯。」

我縮起肩膀。

果然自己還無法把工作做到完美。

「……不好意思，以後我會努力練習，把箔料貼得更漂亮。」

「不、不是在挖苦你，我說的是真心話啊。手工作品才會有這種無傷大雅的小瑕疵，這種手作的溫度也才能讓人百看不厭。」

村崎先生放下手指，凝視著我：

「包括這些地方在內，這個畫框的一切都和這幅畫非常搭配，你做得很好。」

好開心，得到村崎先生的認同了。可是，怎麼村崎先生看起來比我還高興呢？內心又是一陣激動。

大大的嘆息後，村崎先生感慨地說：

「當年工房發出徵人啟事，你來應徵時，我真的很高興。不過，老實說還以為你馬上就會辭職呢。畢竟年輕人玩心還很重，怕你可能抵擋不了想玩樂的欲望。」

看著村崎先生視線低垂的表情，回顧往日的自己。我懷著豁出去的心情，抬起頭說：

「比起想玩樂的欲望，更重要的是做夢……沒有夢想是不行的喔。」

看我一臉得意，村崎先生皺起眉頭說「不要學我啦」。看得出他正在強忍笑意。

日語的畫框叫「額緣」，緣分的緣。

我有了一個新的夢想。

不久的將來，我想重訪墨爾本。

傑克．傑克遜這個名字就是我的目的地，我要去見他。

告訴他，希望今後也能看到他創作出更多的畫。

告訴他，身為一個對手藝自豪的畫框工匠，我是他的忠實粉絲——

第三章

# 番茄汁與蝶豆花茶

恭喜。這是一句好話，無論什麼時候。

來自各界的祝福訊息，我一一回覆。

「恭喜奪下極．漫畫大獎！」

——謝謝！

「極．漫畫大獎得獎，恭喜啊！很厲害耶！」

——謝啦！很厲害吧？

「恭喜得到這麼榮耀的獎項，幹得好，太棒了！」

——非常感謝。今後也請您多多提攜指教。

絕對不能做出沒有分寸或失禮的回應。我小心檢查，不錯過任何一封訊息，配合對方的身分地位做出適當的回覆。

「這下高島老師也很有面子呢！」

——是啊，我也覺得很欣慰。

「恭喜您愛徒大顯身手。」

——感謝感謝，那傢伙很努力的。

「好久不見！砂川凌是以前在高島那裡當助手的孩子吧？聽說他拿下極．漫畫大獎？我在電視新聞上看到了，嚇了一跳～恭喜啊！」

——就是啊，我也嚇了一跳～謝啦！

呼。喘口氣，暫時把手機放在桌上，我伸手去拿眼藥水。

四十八歲，開始有老花眼，讀太細小的文字難免吃力。不知是否用眼過度，還得了乾眼症，得不時點眼藥水滋潤眼球才行。

手機發出「嗶」的一聲，又有新訊息了。

探頭窺看手機螢幕，是同行的損友寄來的。左手還拿著眼藥水，右手點開訊息。

「青出於藍，更勝於藍！你也要跟徒弟好好學習喔，加油啦！」

我笑出聲音來，啐了一句「煩耶」。對，我笑了。

我是笑了沒錯。

但不知為何眼眶含淚，根本不必點眼藥水。

平安度過截稿日的難關，久違地刮了鬍子外出。

這趟出門，是要去接受男性情報雜誌《DAP》的採訪。因為也需要拍照，便戴上剛買不久的鴨舌帽。我對外表和穿搭毫無自信，戴上這個至少可以耍耍帥。

上個月，曾當過我助手的砂川凌得了「極．漫畫」大獎。

這是漫畫圈相當受矚目的獎項。一年一度，由書店店員及業界賢達共同選出「必須推薦的有趣漫畫」，再投票排出順位。只要能入圍這個獎項，知名度瞬間提高，每年一到發表得獎作品的時期，出版社和漫畫家都又期待又緊張。

除了「極．漫畫」大獎，這部得獎作品兩個月前還在名為《這本漫畫即將爆紅！》的特刊雜誌上拿下最優秀獎。一得知獲得「極．漫畫」大獎的好消息，立刻決定再版，書腰上印著大大的「雙重獲獎！」出道三年來，砂川的氣勢堪稱銳不可當。

《黑色下水道》。

這就是那部得獎漫畫的名稱，暱稱「黑下水」。

故事描繪住在下水道管線裡的怪物，獨特又具有現代感，帶點驚悚味，也有搞笑的部分……不管怎麼說，反正就是很有趣。有人類的愚蠢和智慧，也有愛情和懸疑的橋段，各種要素比例安排得非常巧妙。

漫畫中同時以簡單易懂的方式說明了下水道的機制，聽說不少學校或探討環保問題的研討會來向出版社提出申請，希望將這套漫畫導入教材和資料。換句話說，不只娛樂性豐富，這部作品在社會上也受到很高的評價。

電視新聞和情報節目播出頒獎典禮上的記者會後，要求採訪砂川的媒體聯絡如雪片般飛來。這也難怪啦，在那之前幾乎沒有露過臉的砂川，有著和模特兒相比也毫不遜色的外表，這樣的他長相曝光之後，媒體怎麼可能不趨之若鶩。更別說他才二十六歲，還這麼年輕。畫出那部帥氣漫畫的男人，本身也是這麼帥氣的男人，砂川本人根本就是行走的話題製造機啊。

然而，砂川不太喜歡公開露面。幾乎都由責任編輯對外傳遞「作者訊息」，媒體上播放的，來來回回只有同樣一段影像和照片。

在這種狀況中，唯有《DAP》的採訪提出「和師父高島劍老師對談」的企劃，砂川才表示「如果是這樣的話就願意接受」。

他到底在想什麼啊？砂川基本上面無表情、沉默寡言，不管別人說什麼也幾乎沒反應，實在教人捉摸不定。可是，他當然沒有惡意。我也會盡可能幫他打圓場。

對談場所指定在一個名叫「Cadre」的咖啡廳。我搭電車到最近的一站下了車，然後再走路過去。咖啡廳位在沒什麼人經過的住宅區，路有點難找，地圖上標示的地標藥妝店招牌太老舊，上面的字都磨花了，害我一時沒注意到，差點走過頭。

打開店門時，響起一陣懷舊的鈴鐺聲。

這是一間刻意降低照明的復古咖啡廳。我走進店內，和吧檯裡那個下巴留著一把大鬍子，看似老闆的男人四目相接。

「歡迎光臨。」

一位繫白色圍裙的女店員從暗處無聲地冒出來，把我嚇了一大跳，不自禁退後兩三步。她五官端正，但表情嚴肅，年紀也不年輕了。一頭微捲的長髮在腦後紮成一把馬尾。

「啊……呃……我是高島劍，《DAP》雜誌找我來接受對談專訪……」

我這麼一說，女店員表情不為所動，只是點了點頭：

「有聽說了，請找自己喜歡的位子坐下來等吧。」

原來我第一個到啊。看看手錶，還有十分鐘才到約定的時間。

店內不大，頂多十五個位子。不知道是不是生意不好，現在客人只有坐在角落桌位的一對看似大學生的情侶。

我姑且在吧檯最旁邊的位子坐下。

大鬍子老闆問：「要先點飲料嗎？」和女店員不一樣，態度很親切。

「啊、不了……等大家都到齊再點。」

老闆回答「這樣啊」，就從我身邊走開，兀自擦起杯子。

整張臉埋在鬍子裡，讓他看起來比較顯老，走到身邊對上眼神，才發現他或許比我還小幾歲。大概四十出頭吧。那個女店員應該也差不多。她坐在吧檯另一端離我最遠的位子，皺著眉頭記帳。

欸，我啊，是那個叫高島劍的漫畫家唷。有部叫《仲見世On the rocks》系列的漫畫，賣得還不錯，這個作品的作者就是我耶。啊、還是說，兩位都不太看漫畫嗎？至少，五年前另一部叫做《蜻蜓十三號》的作品，也曾翻拍成電視劇呀。你們連電視都不看嗎？那部戲，只是兩小時的單元劇就是了。

在對高島劍這個漫畫家絲毫不感興趣的兩位店員旁邊，我環顧四周。

店內播放著古典鋼琴曲，牆上掛著好幾幅畫。尺寸有小有大，類型也各式各樣都有，不可思議的是，這樣反而營造出一股整體感。或許因為不是只有一兩個不一樣，而是全部都不一樣的關係吧，就像在熱鬧大街上，與各種不同的行人擦身而過。

「你們店裡好多畫喔，像間畫廊似的。這些畫有在賣嗎？」

我隨口問問，老闆卻用力搖頭說「沒有」。

「只是蒐集自己喜歡的畫而已，才不做畫商那種野蠻的工作。」

我心想，這傢伙說了挺有意思的話呢。忍不住往前探身問：

「畫商是野蠻的工作嗎？」

「您想想，把畫作訂出價格，而且價格還會變動，這不是野蠻是什麼？誰有資格評斷畫的價值呢？畫這種東西是非常看個人的，而連畫都沒在畫的人，居然擅自用數字來決定它的價值。」

「……說的也是。」

我被他的氣勢嚇得有些傻眼。

但我懂，我懂喔，大鬍子。

漫畫還不是一樣。作品好不好，是每個人自己感受的問題，不是讓世人擅自排名決定好壞的東西。

我對坐在另一端的女店員喊：

「你們老闆很帥耶。」

女店員瞥了這邊一眼，視線又回到帳簿上。

「是嗎。我倒覺得在咖啡廳裡賣飲料，和在畫廊裡賣畫沒什麼不同。畢竟不標出價格就無法做生意，但畫家也得過生活吧。實際上，這間屋子裡的畫，還不大多是花錢買來的。」

……這女人什麼態度啊？還有，他們兩人感情也太差了吧。

老闆大概被講習慣了，只是繼續默默擦他的杯子。

可是我一方面同情老闆，一方面也覺得女人說的有道理。

作品不是能標價或排名的東西，老闆對作品純粹的情感確實引起了我的共鳴。然而同時，不賣錢就無法過生活，這也是不容否認的事實。作品賣不好，世人就不會認識作者，作者也無法推出下一個作品。

真為難啊……

重新戴好帽子，門上的鈴鐺又響了。

「啊！不好意思，讓您久等了。」

一個穿馬球衫的年輕男人從門口進來。一看到我，就一臉抱歉地跑過來。應該是《DAP》的記者吧，後面還看得到一個年紀較大的男人，大概是攝影師。

記者介紹自己姓乃木，一邊遞上名片，一邊對我低下頭。他有一雙圓滾滾的眼睛，明明長得算可愛型的，偏偏在鼻子下方留了一撮小鬍子。怎麼，最近流行蓄鬍嗎？早知道我出門前就不刮鬍子了。

「非常感謝您，百忙之中願意接受本刊的對談專訪。」

雖然年輕，乃木這人感覺很可靠。我舉起一隻手揮著說「不會不會」，內心有點飄飄然。沒錯沒錯，就是要這樣。有個把我當成「忙碌漫畫家」對待的人真是太好了。

這時，門上鈴鐺再次響起。砂川到了。

發現坐在吧檯附近的我們，砂川也不說話，只是慢慢走過來。

「喔，好久不見啦。」

我先打招呼，這傢伙才輕輕點頭。

沒錯，好久沒見面。大概有三個月了吧。最後一次是在出版社主辦的一場派對上，稍微打了個照面。砂川不習慣那種場合，一溜煙就跑回家了。

他似乎瘦了點，不過還是一樣帥。明明穿的只是普通的T恤牛仔褲，看上去卻很有架式。腰那麼細，直徑大概只有我的一半吧。用髮蠟抓過，看起來濕亮濕亮的頭髮，隨性的感覺也很有味道，不知情的人搞不好還以為他有專屬造型師呢。難怪有時尚雜誌邀他拍封面，只是聽說，他二話不說就回絕了。

砂川半低著頭：

「抱歉我遲到了，計程車司機找不到路。」

「喔、喔，這裡是不太好找。沒關係啦，我們也才剛到。」

乃木走上前來，又是禮數周到地向砂川遞上名片，也不忘獻上賀詞：「恭喜您獲得『極・漫畫大獎』。」

這句話砂川不知道已經聽過幾次了，回答「謝謝」的聲音低沉微弱。

乃木笑咪咪地看著我們。

「不好意思，那麼先請兩位移動到那邊的位子好嗎？」

我們被帶到靠內側牆邊的一張大圓桌旁。

那裡有稍微側著對放的兩張椅子，中間的牆上掛著一張水彩畫。

坐上椅子前，我朝牆上的畫看了一眼。

那是個長髮女子的肖像畫。看起來只使用紅藍兩色顏料描繪，頭髮的陰影部分呈漸層紫色，作者用了很厲害的技法展現髮絲柔順清爽的感覺。女子身穿紅色上衣，胸口別著藍色小鳥別針。

女子看著某個方向，眼眶有些濕潤，臉上掛著說不出究竟悲傷還是喜悅的複雜表情。

仔細一看，經過壓箔加工的細細畫框上，四個角落雕刻出了翅膀圖樣，製作十分精緻。畫框本身沉穩的色調散發一股暖意，與這幅畫搭配得天衣無縫。

下方貼有小小的標籤，上面寫著幾行字。

畫作名稱是《Esquisse》❺，作者叫傑克．傑克遜。

這名字真有意思。取一個容易被記住的名字是很重要的事啊。我也是絞盡腦汁才想出高島劍這個筆名的。砂川從出道就說要直接用本名，雖然我有建議他取個響亮的筆名比較好，但他說沒這必要，一口回絕了。真無趣。

「啊、是傑克．傑克遜！」

身旁的乃木發出驚呼。

「你認識？很有名嗎？」

我這麼問，乃木眼神閃閃發光：

「他是澳洲的畫家，不過最近在日本頗受歡迎。擅長在清淡溫柔的氛圍中加入俐落的線條，兩者之間的分量拿捏得很好。上個月還在東京開了個展，我有去採訪喔。」

「是喔，很年輕嗎？」

「沒記錯的話，今年四十歲。這幅作品雖然沒寫上製作年份，應該是早期的畫作吧，現在可能已經是難得的寶物。」

正想問老闆，往吧檯一看，他似乎和誰在講電話。我再次細細打量這幅畫。

「這幅畫叫『Esquisse』，是這女人的名字嗎？」

我這麼嘟噥，乃木歪了歪頭。

「可是她看起來不像西方人啊，說不定是日本人。」

「那就是『喜歡畫』❻的意思嘍？」

我說了個諧音冷笑話，乃木發出「啊哈哈哈」的輕快笑聲，很給我面子。已經坐在椅子上的砂川看著畫，臉臭臭地說：

「我覺得不是那個意思。」

❺「速寫」的法語。
❻日語的「喜歡畫」發音與Esquisse相近。

……我是開玩笑的啊，砂川。你上道點嘛。

「Esquisse是速寫草稿的意思。把腦中想到的形象先畫下來，之後以這個當藍本，重新正式作畫。」

砂川這傢伙博學多聞，熟悉各種領域的知識。真是的，未免太帥氣了吧。聽了砂川的說明，我回答：

「這麼說來，不就很像漫畫的分鏡稿嗎？」

「嗯，對啊。」

以身體的感覺來說，畫分鏡稿是最有趣的時候。腦中的想法彷彿從手裡泉湧而出，躍然紙上。旁人可能也會給一些這樣那樣的意見，像是要用怎樣的構圖、情節怎樣展開等等。因為無論重畫幾次都行，失敗也沒關係。鉛筆自由滑過紙面，忍不住心想：「我現在該不會正在創作非常厲害的作品吧？」畫好之後，不知道編輯會不會說OK，心情又是一陣七上八下。

我歪著頭：

「換句話說，這是直接把分鏡稿掛在牆上了？」

「誰知道呢？說不定只是名叫『速寫』的正式畫作。」

藝術這種東西，沒有規定絕對要到什麼地步才算完成嘛。實際情形到底如何，只有問傑克・傑克遜本人才會知道了。

這時，好像是乃木請她過來點餐吧，女店員走了過來。我打開遞上的菜單，視線停留在無酒精飲料的欄位。

「啊、我要番茄汁。」

一旁的砂川視線低垂，想了一下之後，小聲說：

「請給我蝶豆花茶。」

我忍不住再把臉湊上菜單一次。蝶豆花茶？雖然不知道是什麼東西，連喝個飲料都搞得這麼帥氣啊？

這時，在較遠的另一張桌旁準備攝影器材的攝影說：「乃木老弟，過來一下」，乃木跑向攝影師。

我一邊等，一邊遠遠看著他們不知討論什麼時，原本坐在店內角落那對情侶走到我們身邊。

「那個，不好意思……」

男孩紅著臉向我搭話。

喔，怎麼？是我的書迷嗎？我才剛堆起滿臉笑容轉頭，他就這麼說：

「請問您是經紀人嗎？」

「啥？」

「我們是砂川凌老師的書迷，可以請他簽名嗎？」

「……喔。」

女孩拿著活頁紙和筆站在男孩後面。大概是突然遇到名人，姑且從包包裡找出能簽名的紙張吧。

砂川依然面無表情，只微微抬起頭。

為了對那兩個自稱書迷的年輕人展現服務精神，也為了誇示自己地位比砂川高，我刻意用輕浮的語氣說：

「喔，謝謝耶。喂、砂川，快簽名、簽名啊。你一定很高興遇到粉絲吧？」

我從女孩手中接過活頁紙，放在砂川面前。這傢伙竟然像在個人物品上寫名字一樣，寫下直書的簽名。

簽名這種東西，要更有玩心巧思才好啊。我在確定以漫畫家身分出道後，立刻設計了好幾款簽名，有的還加了劍的插畫。

情侶接過砂川的簽名，開心道謝離去。還聽得見女孩嬌喊：「天哪，我要瘋了」的聲音。

這些年輕人，大概以為每個漫畫家身邊都跟著經紀人吧。還是說，砂川在世人眼中已經跟明星沒兩樣了。

我用力一歪頭，乃木喊著「讓兩位久等了，不好意思！」跑回來。女店員也在這時端上飲料。

番茄汁和……蝶豆花茶。

只見她先在砂川面前放一個玻璃茶杯，接著注入彷彿稀釋藍墨水般的鮮豔鈷藍色茶水。好像是熱飲，冒出了一陣蒸氣。

「哇喔，這東西能喝嗎？蝶豆花茶到底是什麼？」

「……是茶。」

代替除此之外不想再說更多的砂川，乃木回答：

「味道沒有想像中那麼怪喔，蝶豆花是豆科植物，有舒緩眼睛疲勞的功效。花的形狀很像蝴蝶，顏色雖然偏藍紫，抽出之後會變成這麼漂亮的青色呢。」

青出於藍，更勝於藍。

想起這句話，我甩了甩頭。這句殘酷的俗諺，意思是徒弟的成就超越師父。

乃木設定好錄音筆，我們開始對談。

確認過我和砂川的簡歷後，乃木說：

「高島老師是在榮星出版社的漫畫雜誌《盧卡斯》上出道的吧？當時也是先獲得新人獎嗎？」

來嘍。我舔舔嘴唇，做好侃侃而談的準備。已經在各種地方被問過無數次的，我的「出道秘辛」。

「沒有沒有，不是喔。我帶原稿去榮星出版社毛遂自薦時，因為太緊張拉肚子，只好先衝進廁所。把該排掉的都排掉，終於鬆了一口氣時，聽見隔壁間廁所傳來敲牆壁的聲音。

不是敲門，而是敲牆壁？我正覺得奇怪，隔壁就傳來一個大叔的聲音問：『喂，那邊有人在嗎？』我回答：『有人！』對方又說：『抱歉，能不能把衛生紙捲丟過來？』」

於是，我趕緊把整捲衛生紙丟過去，自己走出廁所洗手。這時，那位大叔也帶著解脫後的輕鬆表情走出來。說著『哎呀，幸好有你幫了大忙，謝啦』。這時，他似乎注意到我手上裝漫畫原稿的大信封，就問：『你來毛遂自薦？』

雖然不是約好要看我原稿的編輯，但那位大叔說『讓我看一下』，我推託不過，便當場翻給他看。

沒想到，他看了之後說『正好，《盧卡斯》下期有個預定要交單篇原稿的新人來不及交稿』，我就這樣以救火隊的身分確定出道了。欸？也太突然了吧？我嚇了一跳，想說那位大叔有這麼大的權限嗎？該不會是整人節目吧。」

「哇，真是火速出道耶！」

「……原來啊，那位大叔是總編輯。我說起來就是個幸運的男人，光靠運氣走到今天呀。沒錯，這就是一個關於『大便』[7]的故事。見笑了。」

我把手撐在桌上，向乃木低下頭。每次提起這件事，最後一定這樣收尾。乃木和攝影師都笑了。

「哎呀，人家都說廁所裡有神明，還真的是呢，不愧是畫在『紙』上的漫畫[8]。」

今天聽眾反應不錯，我又這麼補充，沒想到乃木四兩撥千斤地忽略了這句笑話，轉向砂川問：

「砂川老師和高島老師是怎麼認識的呢？」

我的出道秘辛就此結束了嗎？好吧，算了，今天就好好幫襯砂川吧。

砂川撇著嘴，只發出「嗯……」的聲音，說不出半句話。心想，得幫他起個頭，我就從一旁插嘴：

「砂川他啊，是三年前我有個助手突然辭職，那傢伙說他認識一個遊手好閒的朋友，在我找到下一個助手前，姑且請那個朋友來填補他的空缺。」

我示意砂川接話，他卻只是輕輕點頭。喂，該輪到你接著說點什麼了啊。我這麼想，坐在旁邊觀望，他卻沒有開口的意思。

無可奈何之下，我只好接著說：

「聽說他那個朋友在學校美術成績只拿過滿分，如果只是背景塗黑或畫交叉網點，應該沒問題吧？剛開始大概是這種感覺。」

剛開始確實只是這樣沒錯。

---

❼日語中「運」與「大便」發音相近。

❽日語中「神」和「紙」同音。

但是當天他回去之後，我就察覺這傢伙的才華非比尋常。

聽說砂川畢業於有點名氣的大學，之後任職廣告公司。但是只待了兩個月就辭職，既不找其他工作也不去打工，整天待在家。

因為他說自己沒有當過漫畫助手，我就從怎麼擦橡皮擦和塗黑背景開始教，當天回家前，砂川看見我桌上散放的分鏡稿，喃喃低聲問：

「漫畫就是這樣畫出來的啊？」

「你要不要也試試看？」

我只是隨口說說，拿出滿滿三紙箱過去的分鏡稿，攤開來說隨便你看。那裡面的分鏡稿，從還在四處投稿尋求出道機會的時代，到出道後被編輯打槍的都有，數量相當龐大。

拿起一份用長尾夾固定的分鏡稿，砂川說：

「全部都有留著嗎？」

「嗯……正式畫稿完成後，這些東西要說不需要也真的是不需要，但對我而言，總覺得裡面都有靈魂，一張也捨不得丟。」

砂川聽了我這麼解釋，什麼也沒回答，一臉認真地看了一份又一份的分鏡稿。我想，他應該是對這有興趣吧，就順便指點他畫分鏡的訣竅。不過，我教的真的只有一點點，是砂川自己瞬間掌握要領，隔天就完成令人瞠目結舌的分鏡了。

我內心一陣小鹿亂撞，這種心情根本就是戀愛嘛。

可是，那和戀愛又有點不一樣，是一種「遇見不得了的事物」時，內心掀起的激昂澎湃。於是，我又教了他入門的描線方式，真的也沒有傳授什麼厲害的東西，只能說他本人天分高得一塌糊塗。

就這樣，砂川用很短的時間完成一篇十六頁的漫畫原稿。看完之後，我哭了。

這是必須讓世人看見的作品。受到這股使命感的驅使，我把作品帶去給責任編輯看。

責任編輯看完之後讚嘆不已，隨即建議用這份原稿報名參加「盧卡斯新人獎」，最後果然順利得獎，砂川就此出道。最驚人的在於，這只是他剛學會畫線稿後畫下的第一篇作品。真是怪物。

乃木再次轉向砂川。

「砂川老師，在那之前都沒有畫漫畫的經驗嗎？」

「……對。不過，我一直認為比起在公司上班，自己更適合畫漫畫。」

終於講話了。雖然聲音含混不清，至少是從砂川嘴裡自己說出來的話。

出道後，有段時間砂川仍繼續來當我的助手。明明叫他一星期來兩天就好，那時幾乎每天都來。不知何時畫好的第二部作品，也毫無預警地獲得連載版面，此後他就成為獨立的漫畫家了。那部作品，正是最近得到大獎的《黑色下水道》。很快地，現在他自己都需要雇用助手了。

乃木對我露出善意的笑容：

「高島老師當年就看出了砂川老師的才華呢，真厲害。」

「還好啦。」

我悶哼一聲，喝一口番茄汁。乃木繼續邊做筆記邊訪問：

「說到高島老師的代表作，絕對不可不提以商店街為故事背景，調酒師為主角的《仲見世On the rocks》。砂川老師和擅長描繪市井小民日常生活及人情故事的高島老師風格完全迥異，這點也很有意思呢。」

「是吧？就是這點好啊。但話說回來，這傢伙也有描繪市井小民的日常生活唷。不管怎麼說，主題可是下水道啊，人人生活不可或缺的東西。我真佩服他的著眼點，同樣的景色看在我眼中和這傢伙眼中，是完全不一樣的東西。」

這就是凡人與天才的差異吧。雖然這句話也浮現腦中，但說到這地步又未免太自虐，還是吞回去好了。

接下來，我們又聊了一會兒「黑下水」的事。乃木提出問題，我大致上先給個回答，砂川再稍微補充。如此聊了三十分鐘左右，最後再拍照。

砂川問乃木：

「這個會是彩色頁嗎？」

堅定清楚的語氣，和剛才完全不同，我吃了一驚。

「是的，這次專訪會放在全彩頁面上。」

乃木一回答，砂川又以更堅定的聲音說：

「這樣的話，介紹到『黑下水』時也會是彩色的吧？封面，請盡量放大一點。」

這是當然。乃木點頭答應。我把帽子戴好，暗自訝異砂川態度為何忽然變得積極。是喔，原來他也會說這種話啊。

開始拍照了。攝影師很會帶動氣氛，我忍不住抿嘴笑，砂川卻是連眉毛也不挑一下。但這反而令他散發一股慵懶氛圍。

「那麼，我會再將原稿用電郵傳給兩位過目。今天的飲料錢我們已經付了，兩位請慢慢坐。」

乃木俐落地說完，和攝影師一起走出店外。這麼一來，我跟砂川也不好意思馬上走人。

那對情侶早已離開，店裡沒有其他來客，吧檯旁的老闆和女店員也沉默無語。只有鋼琴演奏的聲音靜靜流洩，我和砂川感覺像被遺忘在座位上似的，有點尷尬。

砂川依然不說話，雙手交握放在桌上。我想找個話題，就先開口說：

「你應該多接受一點這類採訪才對。」

砂川微微搖頭，大概是「不想」的意思吧。

其實他也應該多上一點電視節目的啊，能受觀眾喜愛，能有更出名的機會可是很難得的事。

我就從來不拒絕雜誌或電視採訪。郵購雜誌來找我的時候，我還高興得忍不住擺出勝利姿勢呢。那次的工作不是委託我畫漫畫，是請我當廣告代言人。雜誌上刊登了我用過商品枕頭後，心滿意足表示「睡得很香甜」的照片。這下我也成為知名人士，受到世間認同了呢。感覺好爽。

要是能長得像砂川那麼帥，我肯定會將那張帥臉利用到極致，哪像他，簡直暴殄天物。就連Twitter也是在我三催四請下，半年前才好不容易開了帳號，現在已經有超過十萬個跟隨者了。不過，他只會轉貼出版社帳號的宣傳貼文，自己很少發推。

相較之下，我經營Twitter帳號可就拚命了。漫畫的事、製作過程的事、感覺會受眾人關注的電影感想，甚至連路邊的貓或美食的照片都發文，這才好不容易累積了一萬個跟隨者，一篇推文只要有五十個人按讚就很開心。哪像砂川，光是偶爾發個「我要睡了」，按讚的人數就高達四位數。

「你要多多善用Twitter啊。」

「……好啦。就覺得很麻煩。」

是啊，是很麻煩。像是被攻擊或轉推無意義的無聊推文，這種事確實很麻煩。

上網搜尋自己的名字也是膽顫心驚的事，可就是戒不掉。太想知道世人對自己的想法了嘛。一旦搜尋到讚美之詞，全身就會充滿幹勁。所以我總是戰戰兢兢，懷著下賭注的心情輸入自己的名字或作品名稱。

「我教你個好方法，這是我後來發現的。搜尋自己的時候，不要打全名，以我來說，就不要打高島劍，要打『高島劍先生』或『高島劍老師』，這樣就不會搜尋到壞評了。雖然能搜到的資訊數量壓倒性地少，但也能大大降低心靈受傷的風險。」

「不、不用了。我沒在看網路上對自己的評價。」

砂川拿起杯子喝一口。

他或許已經在網路上遇過討厭的事了吧。這也沒辦法，人只要一走紅，粉絲和黑粉就會一起來報到。

成為專業人士，意味著必須面對這種處境。在公開的網路上，被不知道哪來的什麼人口出惡言，或被根本沒好好看過作品的人大肆評論，連與作品無關的私事都會被人拿出來說長道短。而這一切言論將擅自傳播擴散，不負責任，不受控制。

光想像就一陣憂鬱，可是如果問我要不要回到不能上網貼文的時代，我絕對不想回去。我是在明知會遇到這些事，也下定決心全盤接受的覺悟下成為漫畫家的。

面向砂川，我加強語氣：

「聽好了，不管你今後畫出多麼出色的作品，一定還是會有找碴的人。一定會。要是被不負責任批評作品無趣的人牽著鼻子走，反而會真的變成只畫得出無趣作品的人，所以那種事你不需要在意。」

砂川眼皮微微抽了一下。

接著，眼神望向斜前方。

「我本來就沒特別在意，當我的讀者不全都是靠自己品味決定看我的書，也有因為好奇得獎作品才找來看的人之後，一定會有人表達和作品不對盤的意見，網路上出現這類聲音也是預料之中的事。」

感覺就像腦袋挨了一記悶棍。

還以為他怎麼突然話變這麼多，這小子太囂張了吧。

我很清楚啦，為什麼只有跟我對談的採訪才願意接受。

這傢伙，一定是想炫耀自己的成就已經超越我了。利用雜誌的對談宣揚這點，讓我沒面子。

一陣淡淡黑煙在心中擴散，我喝下一大口番茄汁。說不上是鹹還是甜的這濃稠紅色液體，實在是很有人間煙火味的飲料。

相對的，把那清清淡淡，氣質高雅的藍色液體攝取入體內的砂川，則機械、冰冷得教人懷疑是否真的是生物。

機械。是啊，打從一開始就是這樣吧。完美、毫無失誤，連情感也沒有。

「不愧是『極・漫畫大獎』的得主呢。」

我忍不住把這種話說出口，自己都聽得捏了把冷汗。

我以為自己已經刻意用開朗語氣把話說得像在開玩笑，這句話卻還是像仙人掌般長出棘刺。穿出身體，保護自己的棘刺。

可是，砂川絲毫不為所動，只淡淡地說：

「得獎的是作品，不是我。」

「……欸。」

「大家喜歡的不是我。是『黑下水』。」

他說了兩次，不是我。

彷彿金屬在體內撞擊發出鏗鏘聲，我全身顫抖，感覺就像驚醒了沉睡的什麼。

想起剛才砂川唯一積極對乃木說的話。這是彩頁嗎？請盡量把封面放大一點。

……這樣啊。

砂川一點也不求自己受矚目。作品才是一切。接受採訪時，好好宣傳「黑下水」是最重要的事，可是自己又不善言詞。他一定是認為，只有找我來搭檔，才有辦法流暢表達吧。沒錯，為了出風頭，我這人什麼都願意做。今天也是，要是能搭砂川的便車順便在專訪內容裡宣傳一下自己就好，無可否認這就是我的想法。

突然覺得好丟臉。對自己這難看的自我表現欲感到丟人。想獲得認同，想被奉承、被恭維，想聽到別人說「你很有名、很厲害」。想成為當紅漫畫家，想賺很多錢，想受女人歡迎。

啊，真難看。我真的是遜斃了。拿下帽子，我搔了搔頭。但是，褪除武裝的我更不起眼，誰也不會注意到我。仔細整理好頭髮，重新戴上帽子。

靠在椅背上嘆口氣，目光不經意朝牆上望去，正好看見《Esquisse》裡的女子。

肖像畫。不知道這張畫和女子本人有幾分相似。

「……我偶爾會想。」

我恍惚地對砂川說：

「在很久以前，沒有鏡子也沒有相機的年代，人們一輩子都不知道自己長什麼樣呢。想想這挺驚人的吧。身邊所有人的長相都看得到，只有自己，一輩子都不知道自己究竟是美是醜耶。只能想像自己可能長得怎麼樣。」

砂川凝視《Esquisse》。我繼續說：

「或許這就是為什麼，那個時代的人都會透過畫像來告訴對方長什麼樣。要是畫像比本人還英俊，畫中人一生都會以為自己真的長得那麼帥。這是很幸福的事啊。」

反過來也一樣。要是被畫醜了，也會一輩子以為自己真長得那麼難看。就像一直被說「你沒有才華」的話，似乎真的只能過沒有才華的一生了。

或許正因如此，才會那麼希望獲得稱讚與認同吧。老是在意別人的評價，原因可能就來自這裡。

別人的事都看得很清楚，只有自己的事完全看不透澈。就算發明了鏡子和相機，結果還是不變。

砂川不再盯著《Esquisse》看，端起杯子說：

「其實我就算一輩子不知道自己長相也沒關係。」

「咦——？真的假的？」

我忍不住大聲嚷嚷。打從心底感到驚訝，原來真有這種人。

我頻頻注視砂川。有一張這麼俊美的臉卻說那種話，真諷刺。

「你這個人啊，對自己真的一點興趣也沒有耶。」

「高島老師也真的很自戀耶。」

如鯁在喉的感覺，我只能笑笑帶過。

「想成為某種樣子，這種想法很普通吧？」

「是啊，應該很普通吧。真羨慕。」

砂川若無其事地說：

「羨慕？羨慕什麼？」

「因為我啊，沒有任何想成為的樣子。我從來沒想過要當漫畫家，只是這件事做得最順利，順理成章也就變成這樣了。看到高島老師這樣懷抱強烈願望，也堅持實現了夢想的人，我覺得好羨慕。」

……什麼啊，這什麼意思？他知不知道有多少想當漫畫家的人不惜一切也要以出道為目標。這麼說來我又想起了一件事。原本聽說他美術成績只拿過滿分，後來才知道是每一科都只拿過滿分。不是普通人物啊，砂川。

一股憤懣再度湧現，本想再說幾句嘲諷的話，下一瞬間又打消了念頭。因為砂川低聲這麼說：

「我不管做什麼都不感興趣，也持續不久，直到開始畫漫畫。」

看著砂川那張白皙的臉，胸口忽然一陣激動。終於發現，這傢伙心裡沒有半點傲慢，有的只是坦率。

站在砂川的角度，「什麼都做得好」既不值得炫耀也沒什麼好驕傲，反而是他自卑的來源。因為上天沒有賦予他「平凡」，只有天才會為此苦惱。這麼一想，我就一點也不嫉妒了。

我為什麼想當漫畫家呢？

小學時，筆記本和教科書空白處總在不知不覺中被我畫滿了漫畫。聽到朋友稱讚「好厲害」或央求我「再多畫一點」，我就好高興，更是畫個不停。

砂川和我不一樣。打從一開始就徹底不同。

我沒上過什麼大學，頭腦不好，家裡又窮。進入知名企業就職什麼的，對我來說就像童話故事的情節。高中時代，我一邊打工送報，一邊夢想自己有朝一日成為漫畫家。

漫畫之前人人平等，漫畫帶給每個人的都是一樣的世界。要是自己來畫，似乎就能在漫畫的帶領下，自由自在地前往任何想去的地方。即使是書念不好，運動完全不行，但一心愛著漫畫的我也辦得到。

除了漫畫，我什麼都沒有。

所以我慢慢磨、慢慢畫，不斷到處投稿。也不知道帶著作品去過多少家出版社毛遂自薦。三十歲前的好多年，只能到處打工維生。

——那個「出道秘辛」，其實是經過誇飾的故事。

那天進廁所前，我帶去的原稿已經讓一位編輯看過了。

那位編輯在我面前啪啦啪啦翻著原稿，嫌棄得一無是處。這種東西根本稱不上是漫畫，你是來浪費我時間的嗎？說了一堆這樣的難聽話。我甚至心想，他罵我只是想發洩自己的壓力吧。

抱著被丟回來的原稿，我衝進廁所哭。

可惡，可惡，為什麼這麼難受我還要畫漫畫？

因為，他們自己有了生命啊，那些故事，那些畫面。

各種傢伙擅自出現，擅自說起話來，我無法不將他們畫下。要是我停手了，他們怎麼辦？

所以，不要抹煞掉啊。要是至少能讀一下，認識了存在這世上的他們，或許就能點燃他們的生命之火。

在我低聲啜泣時，有人猛地衝進了隔壁間廁所。接著，又聽到那人一瀉千里的上大號聲。

拜此之賜，我突然回過神來，眼淚也止住了。心想，出去之前姑且沖個水好了。之後，就聽到了那個聲音。

「喂，那邊有人在嗎？」

再來發生的事，雖然跟「秘辛」裡講的一樣，對方出來之後的情況又有點不同。

從那間廁所裡走出來的大叔，脖子上掛著名牌。我只瞄了一眼，就看出對方是漫畫編輯部的人。雖然當時沒想到他竟然會是總編輯。

我立刻跪在廁所地板上，高舉裝有原稿的大信封，頭低得幾乎要碰到地面。

請您過目。

請您看一看，我的漫畫。

拜託了。拜託了、拜託了，求求您。

大叔……總編輯接過大信封，把我帶到外面的咖啡廳。連菜單都沒看，直接點了番茄汁。

「你呢？」他這麼問，我不知道該怎麼辦，就說「我也喝一樣的」。

總編輯皺著眉頭讀完原稿，指出幾個該改善的地方。角色設定、分鏡構圖、收尾前的寫實度還需要提升。

「改得來嗎？」

被這麼問，我用力點頭。

那天回到家，我心無旁騖地修正原稿。即使只變更了一點地方，連我自己也看得出改得比原來好太多。畫漫畫真是太有趣了。我像被什麼附身，拿筆拚命地畫。一夜沒睡，天亮了就直接去打工，回家再繼續畫。就這樣，帶著花了三天修正完成的原稿，又去找總編輯。

在同一間咖啡廳裡看完原稿的總編，用觀音菩薩般的眼神看我：

「不錯耶，我滿喜歡的喔。市面上能有這樣的漫畫也很好。」

聽到這句話的瞬間，我知道自己臉上的表情都皺成了一團。終於，終於有編輯願意給一條活路，延續我漫畫的生命了。

勉強撐住幾乎要當場昏倒的身體，我不斷對總編低頭道謝。

從眼裡流出的淚水和鼻子裡流出的鼻水，滴滴答答地在放了兩杯番茄汁的桌面上積成小水窪。

說「作品我先收下」的總編，下一個星期打了電話給我。

他說《盧卡斯》臨時多了需要填補的頁面，要刊登我的漫畫。

從此之後，番茄汁對我而言成了特別的飲料。想鼓舞自己時，我就會喝它。

託你的福，我想起來了。砂川。

我也確實曾經有過「作品是我，但也不是我」的心情。該呈現在世人眼前的，真正該受到重視的不是我，應該是作品才對。

自以為是地說教了一堆，真抱歉。

我沒有什麼可以教砂川的。我只是剛好路過而已。這傢伙一眨眼就跑到遙不可及的地方去了。像蝴蝶一樣，像鳥一樣，拍著翅膀。

再次恭喜你得獎。

你是真正有實力的人。不是我有眼光發掘了你。無論在哪裡或做什麼，砂川總有一天會開始畫漫畫，並受到世人認同。漫畫之神不可能會放著這樣的才華不管。

這時，老闆從吧檯裡輕輕「嗯？」了一聲。

東張西望的，好像在找什麼。

於是，女店員無聲走過去，打開收銀機旁的抽屜，拿出裝橡皮筋的袋子。隔著吧檯，將那丟給老闆。

老闆順利接住，默默把手揚起來，笑著揮一揮。女店員什麼也沒回答，與老闆四目相接，嘴角微微上揚。

……現在什麼情況？

女店員為什麼一看就知道老闆在找什麼。還有，把東西拿給他之後，兩人的眼神交流，太厲害了吧。一句話也不用說，是心電感應嗎？

親眼目睹兩人的默契，我心想。

或許他們之間，已經沒有所謂感情好不好。講話不客氣或默不吭聲的表現背後，是無須言語也能達到的溝通。這位女店員，或許是世界上最理解老闆的人。老闆自己當然也很明白這件事，一定的。

桌子微微震動起來。是砂川的手機。

砂川伸出食指輕撫螢幕，忽然又停下動作，瞪大眼睛。

「怎麼了？」

「……『黑下水』好像確定要拍成動畫了。編輯傳訊息來說的。」

「喔喔！」

我用力握緊拳頭。

「太好了……！幹得好啊，砂川！」

我用力拍砂川的背，他扭動身軀躲開。

對這個時代的漫畫家來說，得獎當然值得感恩，但影響最大的，還是作品拍成動畫。這麼一來，會有更多人接觸到筆下的角色，一口氣拓展更多不同族群的讀者。

我不是因為「黑下水」要拍成動畫而驚訝或激動，因為早就預料到這是遲早的事。只是，能親眼見證砂川獲知這點的瞬間，令我非常興奮。

我好開心，看著自己喜歡的漫畫……看著砂川的「黑下水」在眼前成長茁壯。

「你這小子，應該再高興一點啊！」

「……我很高興。」

我這才察覺，看似不怎麼開心的砂川，放在手機螢幕上的手指正微微顫抖。

這一瞬間，忽然一陣虛脫……也對他感到抱歉。

說不定一直以來，我只會用表面上一目了然的事判斷事物，過去我有沒有好好認真看過這孩子呢？

砂川操作起手機，點開責任編輯傳送過來的網址。是製作這次動畫的公司官方網站，以及提供樂曲的樂手資訊。我像隻烏龜一樣伸長脖子，跟著窺看砂川的手機畫面。

字太小，看不清楚，死命追著那密密麻麻的文章，果然眼睛又乾澀起來了。乾眼症的眼睛需要滋潤，我伸手進包包翻找眼藥水。

拿出眼藥水，心情舒服得像在泡澡，整個人都放鬆了，悠哉地對砂川說：

「哎呀、你真的和只有運氣好的我不一樣，是真正有才華的人啊。」

砂川從手機螢幕上抬起頭，用不帶情感的語氣問：

「高島老師運氣很好嗎？」

「咦？」

感覺就像被人潑了一桶冷水。

我手上還拿著眼藥水，砂川繼續淡淡地說：

「我聽編輯說過喔，高島老師帶原稿去榮星毛遂自薦時，第一個看你原稿的編輯，是個出了名的自薦者殺手。按照出版社的慣例，自薦者打電話來時，誰接的電話就由誰去看原稿。被他接聽到電話，高島老師運氣實在很差啊。聽說那個人一年後因為挪用公款被炒魷魚就是了。」

我張口結舌。無視說不出第二句話的我，砂川繼續追擊：

「還有那個出道秘辛，雖然你改編過了，在編輯部裡已經成為傳說了喔。在廁所下跪拜託總編看原稿的事，現在已經成為秘辛中的秘辛。但是提攜你出道的總編很快就屆齡退休，移居到馬來西亞去了，導致高島老師後來又歷經了一番千辛萬苦，才得以推出第二部作品吧？」

我一陣氣血攻心。居然連我在廁所裡下跪的事都說出去了，總編這個大嘴巴！以為編輯部沒人知道這件事，又仗著總編人已經不在日本，把故事加油添醋成了現在這個版本的我，簡直就是個大笨蛋。

原來我上了個大當啊。砂川是什麼時候知道的？這種事怎麼不早點告訴我，害我出盡洋相。

「還有，高島老師猜拳老是輸、買樂透從來沒中過、搭電車時通常沒位子。

你也經常抽中辦公室面紙盒裡的最後一張面紙，不得不負責換一盒新的。另外，上網買東西收到瑕疵品的機率高得驚人。」

「……唔唔。」

打開了什麼開關似的，砂川劈哩啪啦說個不停。正感覺自己好像站在這裡挨罵，砂川又狠狠刺我一刀：

「我從來不認為高島老師是個運氣好的人喔。」

別說了……別再讓我繼續難堪下去。

是啊，沒錯，你說得對。我自知沒有才華，但至少可以說服自己「只是運氣好」吧。事實是我連運氣都沒有，能出道完全拜總編輯的人品所賜。

「嗯……或許吧。單純只是靠總編救了我……」

不得不認清事實的我，話說得語無倫次，砂川卻用力搖頭。

「不是總編救了高島老師，是作品救了高島老師。」

我赫然一驚，抬頭望向砂川。那雙清澈的雙眼直視著我，繼續說道：

「高島老師靠的不是運氣，而是努力。我很尊敬這樣的你。」

什麼啊……什麼跟什麼啊。

即使說著這種話，砂川依然面無表情。全身發熱的同時，我也確信砂川說的話裡沒有一絲謊言或矇混。

他總是這樣。只要認為重要的事，絕對不會轉移視線。分鏡、筆尖的運用、分割畫格時的節奏感……在我身邊，砂川就像一塊不斷吸水的海綿，將所有技術轉化為自己的東西。

那個當下，他也一直看著我。

呼。鬆了一口氣。

太好了，我能夠好好察覺。

察覺身邊有一個比任何人更認同我，沉默寡言的知音。

番茄汁喝光之後，玻璃杯上仍殘留淡淡的紅色渣滓。我轉向砂川：

「真開心，今天能跟你一起接受這個對談專訪。這篇專訪一定能成為很好的紀念，謝啦。」

砂川依然笑也不笑地回答：

「不、我才該感謝。要不是有這種機會，我自己絕對說不出想跟高島老師見面的話。」

冷淡的口吻。這就是砂川。

我笑著說：「這種話，不該板著臉說吧！」我笑了。

明明在笑——

為什麼眼眶含淚呢？這次也不需要點眼藥水了。

# 第四章

# 赤鬼與青鬼

綠燈閃爍。

我小跑步穿越斑馬線，彷彿那一閃一閃催促人們前進的綠光就是我的目的地。跳過柏油路面上的幾道白線，還差一點就抵達對岸時，號誌燈轉為紅色。停在旁邊等候的車輛像隨時可能衝撞過來的兇猛動物，我逃也似加快速度，奔過馬路。

在號誌燈柱旁停下腳步，安心地鬆了一口氣，嘴裡呼出一縷白煙。新年過完半個月，城市早已恢復日常。馬路上車水馬龍，人行道上行人熙來攘往。

心臟跳得很快。稍微跑一下就喘不過氣，顯然運動不足。或許跟怕冷的身體總是蜷縮也有關吧，最近常覺得有點呼吸不順。

我重新圍好圍巾，抬頭挺胸。

再走五分鐘就到上班的地方了，時間還很充裕。

既然如此，我為何要用衝的過斑馬線呢？

在東京都內的進口雜貨店「Lilial」工作，即將滿一年半。五十歲才換了這份工作。在那之前，我做過不少行業，到這把年紀，還以為不會有地方願意雇用自己了。來到「Lilial」，從店員開始做起，三個月後，老闆漸漸把採購工作也交給我，真的很感謝她。

店內販售以法國及英國為主的海外進口餐具及家飾，光看就令人心情雀躍。一邊看廠商提供的型錄或上網搜尋商品，一邊思考哪些東西適合「Lilial」的選品風格，這份工作做起來樂趣十足。

收留我的老闆，上個月剛慶祝了六十大壽。她是一位身材挺拔，性格堅毅的女性。一頭白髮剪得超短，這份隨性反而為她增添了幾分女人味。處處留情的私生活或許是她常保青春的原因之一，聽說現在除了小她十五歲的正牌戀人之外，還有好幾個男性密友。

這間位於商辦混合大樓一樓的小店，只有我和她兩人操持。結束開店前的準備，老闆說：

「噯，妳要不要試著去英國做採購的工作看看？」
「我？去採購嗎？」
「妳很有眼光，和客戶溝通應該也沒問題，我覺得差不多可以讓妳去第一線看看了。不過我很忙，可以拜託妳一個人去嗎？」
我內心一陣激動。不但獲得老闆的認同，還可以出國工作，到進口雜貨的產地親眼看看、親手摸摸商品。最重要的，老闆願意全權交給我一個人處理。
「……我要去！我想去！」
老闆朝我眨眨眼，露出微笑。
人還沒出發，心已經飛到英國去了。那個至今滿心嚮往，卻還從未去過的遙遠國度。
找到這份工作前，我一直沒有固定工作，內心總懷著那麼點壯志未伸的鬱悶。可是現在，我是如此充滿躍躍欲試的心情。活到五十一歲，或許總算掌握到自己想做的事了。

「護照還沒過期吧？」

「還沒。」

脫口回答完，我才驚覺——

護照。

咦？放在哪來著……該不會……腦中回溯記憶，察覺自己犯下的失誤。

啊，對了。我忘了帶走護照。

放在那個和他同居的家裡了。

這天，工作結束後，我半低著頭走向車站。

今天一整天，久違地想起好多次。想起已經分手的他。

我們合租的那間兩房兩廳公寓雖然有點老舊，但客廳坐北朝南又位於三樓，採光絕佳，兩人一看就愛上，當場決定要租。因為更早之前住的是位於老公寓一樓，又冷又潮濕的一房兩廳，我們還笑著說「一下升級好多喔」。

搬出那棟公寓一個人生活至今正好一年。一方面覺得一年過得好快，一方面又覺得怎麼才一年而已。

在玄關道別的那個雨天的事，我記得很清楚。目送我離開的他傻氣的笑臉。直到最後，我都不確定他真正的想法。在一起那麼多年，結果還是無法真正了解彼此。

再也不會看到那張臉，再也不會和他說話了。

原本是這麼以為的。

穿過車站剪票口，我對自己的疏忽滿是懊悔。

存摺和印章向來各自保管，只有護照，兩個人的一起收在床頭櫃的抽屜裡。或許因為這是日常生活中用不到的東西，前往異國這種事，定位總是比較非現實一點。

我手上已經沒有那間房子的鑰匙了。所以也無法偷偷進去拿。

這麼一來，無論如何都必須和他聯絡，請他把護照寄給我才行了。

可是，怎麼聯絡？

總不能寫信吧，不是E-mail就是LINE……或打電話。無論哪一種方法，一想到分手後還要再次聯絡，我就怎麼也提不起勁。更別說聯絡的原因是自己的疏忽，導致現在非得「拜託」他不可。

寒冷與慌張，使我站在月台上發抖。這時，電車滑進月台。跟著魚貫排隊的乘客，我也上了車。

站在人擠人的車內，一手拉著吊環。這時，忽然察覺有件重要的事我不確定。

他還住在那間公寓嗎？

那個人也和我一樣，年過五十沒有正職工作，個性上有點飄忽不定的地方。分手前，他以自由接案的方式接些廣告傳單、宣傳手冊或免費雜誌的設計工作。現在仍跟當時一樣在家工作嗎？還是開始做其他不一樣的事了？甚至，會不會根本不在日本了？

突然覺得他距離好遙遠。明明跑得遠遠的人是我。

就在這時——

心臟猛地劇烈跳動，雖然不痛，但那股衝擊讓我幾乎以為心跳要停止了。疑惑之中，感覺愈來愈無法呼吸。氧氣進不了體內，我勉強抓住吊環，拚命回想呼吸的方式。

可是，一點也掌握不到訣竅。過去到底都怎麼呼吸的啊？從來沒想過這問題。怎麼辦，好難受，好難受好難受。這到底怎麼回事？

額頭和手心不斷噴發汗水，身體已經搞不清楚是熱還是冷。心悸控制了全身，整個人像毫無預警被丟進深海底，只能一直掙扎。

有沒有人，有沒有人能幫幫我？車內人這麼多，卻誰都不看我一眼。我發不出聲音，身體動彈不得。

車內廣播響起，下一個停靠站快到了。我燃起一絲希望，只要能撐到那時就好。與電車停止同時，我擠出剩下的餘力，在從來沒去過的那一站衝下車。

車廂外的冷空氣冰涼包圍身體。周遭的人們依然對我漠不關心，紛紛從身邊走過。我坐在長椅上，按住胸口。

空氣開始緩緩進入體內。終於，能呼吸了。

吸、吸、呼、呼……身體一點一滴放鬆，我總算有餘力打量四周。

天色已全暗，隔著鐵軌的另一側月台上，還有零星幾個人。我坐的長椅旁，自動販賣機發著光。一對勾著手打鬧的年輕情侶，從我眼前走過。

「咚」的一聲，一如往常的世界安放回來了。不用去想到底該怎麼呼吸，真是太好了。身體也沒有哪裡不舒服，剛才感覺差點悶死，現在卻像什麼都沒發生過。

可能是從寒冷的室外忽然進入溫暖車廂，溫差使身體起了某種反應吧。就像暈車一樣。

還是……

我從包包裡拿出行事曆手冊。

二月二日。行事曆頁面上的這一天，我用紅筆畫了個星星記號。

還有兩星期。

電車來了，我闔上手冊，收進包包。

接著，我和平常一樣回到自己獨居的小套房。

隔天是「Lilial」的公休日，為求安心，上午我去了附近的內科看診。將突然胸悶、無法呼吸的症狀告知上了年紀的男性醫師，除了聽診外，還做了心電圖和X光片的檢查，結果是——沒發現任何異常。

「大概是壓力太大吧。」

醫師置身事外地說。

壓力。該如何解釋這籠統的詞語呢？有誰的生活沒壓力的嗎？見我不說話，醫師又像唸說明書似的淡淡繼續：

「睡眠不足啦，或是工作太操勞之類的。」

「……這可能有。」

「總之，不用太緊張，好好休息即可。觀察一下狀況，有什麼問題再來吧。」

就是有什麼問題，我今天才來的不是嗎？

儘管這麼想，看似想趕快結束看診的醫師不再說更多話，我只好拿著大衣，從圓凳上站起來。

話雖如此，幸好身體沒有異常。最近這陣子確實有點睡眠不足，工作因為開心，所以不太會覺得累，但常一頭栽下去做資料，為了把給客戶的英文信寫得完美，也曾一寫就是好幾小時。

走出診間，等批價的空檔去了廁所。小型洗手台前的牆上，掛著一面簡單的鏡子。走進單間廁所前，看了一眼映在鏡子裡的自己，不由得大吃一驚。強忍掉頭不看的衝動，停下腳步凝視那個方框。

蒼白的日光燈下，站著一個臉色難看的臭臉中年婦女。眼袋鬆弛，法令紋明顯凹陷，太陽穴上浮現咖啡色的斑點。

不會吧，這才不是我。不是我認識的我。不是我心目中的我。我現在應該正閃閃發光才對啊，享受一個人的生活，從事自己喜歡的工作。

一定只是太冷了，血液循環不好而已。只是睡眠不足而已。以前聽說過，就算做喜歡的事也會造成壓力。想說只是來附近內科看診，我今天沒有好好化妝，中等長度的頭髮隨便梳梳，衣服也一點不講究。最該怪的是這老舊日光燈，絕對只是光線不好的關係。

我甩甩頭，離開鏡子，走進單間廁所。

離開醫院，時間已過正午。

原本打算看到哪裡有咖啡廳就進去打發午餐，不料平日中午到處都客滿。天氣晴朗舒適的下午，仰望蔚藍天空，我總算能為檢查結果無異常的事鬆口氣。買了外帶三明治和熱咖啡歐蕾，乾脆走進公園。

坐在長椅上吃起三明治。對了，護照。又想起來了。最快的方法，就是簡短傳個公事公辦語氣的LINE吧。可是，等待回應的時候會不會又造成壓力呢？要是他未讀或已讀不回，還要想下一步怎麼辦也麻煩。

全部吃完，覺得自己滿血復活後，也不知道哪根筋不對，竟然冒出「打個電話看看」的念頭。

握著手機，順著這個念頭一鼓作氣採取行動。先從通訊錄裡找出他的名字。加速的心跳，和在電車裡突然心悸時的種類不同。脈搏快速跳動，是具體的緊張感。

電話接通的嘟嘟聲傳入耳朵。心想實在無法，正要掛掉的瞬間，機械聲就中斷了。

「……喂？」

是他。

明明是自己打的電話，接的人當然是他，我卻嚇了一跳。當然，看到手機螢幕上跳出我的名字，他才更嚇了一跳吧。

「喂？」

他再度開口，一定是因為我一直不說話的關係。我急忙擠出聲音。

「啊……是我。」

瞬間，他發出介於「嗯」和」「哼」之間的嘆息，然後小心翼翼地問：

「呃……茜、小姐？」

茜小姐？

以前從來都沒這樣叫過我吧。

想用這種生疏的說法保持距離嗎？意思是「我跟妳已經沒關係了」。不過，要說是這樣也沒錯啦。我不由得起了對抗心。

「對，我是茜。蒼先生。」

他噗哧笑出來。

「好有新鮮感喔，真不錯耶，叫我蒼先生。」

我也是第一次這樣叫他。雖然有點不甘心，他這一笑，確實紓解了我的緊張。可是，這下還真的不知道該怎麼叫他了。

一口喝完剩下的咖啡歐蕾。他用不熱也不冷，溫度適中的語氣簡單問一句「妳好嗎？」。

「嗯，很好。」

「這樣啊，那太好了。」

「你呢？」

「很好喔。」

「……太好了。」

他沒有問「怎麼了」或「發生什麼事了嗎」，感覺好像就要這樣漫無目的閒聊下去了。這麼一來，不就變成我放不下他，為了聽他的聲音才打這通電話的嗎？得快點把該辦的事情辦一辦才行。

「那個，嗯……其實我有事拜託你。」

「拜託我？什麼事？」

聲音聽起來沒有嫌棄的意思。好像有點意外，又好像覺得有點好笑。一個深呼吸後，我盡可能用若無其事的口氣說：

「我之後要去英國出差，才發現護照好像忘了帶走。」

說了，我說出口了。說我要去英國，去出差！

「喔，這樣啊。」

他不當一回事地帶過，仗著電話裡看不到，我撇了撇嘴。明明可以給多點反應的吧，至少說聲「好厲害」啊。我一邊不服氣地想著，一邊提出「拜託的事」。

「所以，很抱歉，可以麻煩你寄給我嗎？」

「欸？要我寄護照去給妳嗎？」

「嗯，平信擔心寄丟，不好意思，請幫我寄掛號。」

「蛤——」

這次輪到他發出不服氣的聲音。

「那我不就得跑一趟郵局了嗎？我現在很忙耶，妳自己來拿啦。」

聽到他這句話，心中各種思緒紛亂交錯。

首先，會說「妳自己來拿」，就表示他還住在那間公寓。其次，他並不排斥再次跟我碰面。既然如此，與其要他「把護照裝進信封，填上地址，帶到郵局寄掛號」，用這一連串繁瑣的行為賣我一個人情，倒不如我自己快點跑一趟拿回來就好。或許這樣對彼此也都輕鬆。

「……你覺得這樣比較好的話，那我就去。什麼時候？」

「今天傍晚的話，雖然得工作，但我應該在家。」

我慌了。今天？太突然了吧。

可是，一方面今天我確實沒其他計畫，另一方面，也有想快點解決這件事的心情。

我們約定四點碰面，我從公園長椅上起身。

回到自己的小套房，第一件事就是打開衣櫃。該穿什麼去才好呢？最好是他沒看過的衣服，不要太正式，但又要能稍微展現品味的衣服。

考慮了半天，決定穿喀什米爾毛衣。亮葡萄紫色的毛衣，有氣質又不會太樸素，我很喜歡。下半身選擇了米色的長裙。下半身打安全牌剛剛好。

接著打開首飾盒。選首飾也花了很多時間，猶豫的結果，決定用簡單的純銀項鍊配純銀耳環。

決定好服裝和首飾後，我急忙淋浴，還仔細吹整了頭髮。

擦上隔離霜，上粉底時忽然發現，現在的我看起來，和在醫院廁所鏡子裡的我完全不同。雙眼炯炯有神，肌膚富有光澤。夾翹睫毛，塗上睫毛膏，修完眉毛才大口呼吸。一股類似「精氣」的東西，在我體內快速流轉。

說來諷刺。過去我可曾為了跟他見面這麼費心費力嗎？住在一起的時候，常常起床之後臉也不洗，穿著睡衣就過了一整天。可是現在，我無論如何都要努力打理體面，並非沉浸於甜美的戀情，只不過是在虛張聲勢。無法忍受自己看在他眼中老態龍鍾，想讓他後悔和我分手。另一方面，要是穿戴得太漂亮，又怕他以為自己為了跟他見面卯起來打扮。箇中力道的拿捏很不容易，自己都覺得自己有夠麻煩。

到了公寓，站在大門外的對講機前，按下房號。

很快就聽見「喔」的回應，內門打了開。感覺真奇妙。明明我也在這裡住了好幾年，現在卻是未獲許可不得進入。

搭電梯上三樓，站在熟悉的門前，再次按門鈴。過了一會兒，門打開來，他探出頭。

「……啊。」

「你好……」

睡得亂翹的頭髮，從以前穿到現在、早已褪色的深藍運動衣。今天是要和前女友睽違一年見面耶，就算在家也該稍微整理一下服裝儀容吧。他的變化實在太少了，相較之下，進入備戰模式的我顯得好愚蠢。

「請進。」

他催我進門，我脫下短靴。

走進客廳，一團白色物體竄過地板，我不由得肩膀一顫。

是貓。全白的貓。

嚇了我一大跳。

「欸？你養貓了？」

我這麼問，走向廚房的他回答「嗯」。

「有個認識的人救援了受傷的貓，原本想自己帶回家養，結果他太太對貓過敏。總覺得也是緣分，我就帶牠回家了。」

白貓躺在沙發上。不知道幾歲，看起來年紀不小就是了。不經意轉頭時，耳朵後方有條傷痕。

「受傷是指耳朵上的傷嗎？」

「不、那好像以前就有的。這次傷的是後腿，不是很嚴重，已經治好了。要喝咖啡嗎？」

一邊問，他已經一邊把燒水壺放上瓦斯爐了。本來想說「我只是來拿護照」，嘴巴卻擅自回答「嗯」。

住在一起時，星期天早上他一定會煮咖啡。也一定會像剛才那樣問：「要喝咖啡嗎？」對於這個問句，我沒給過「嗯」之外的回答。即使隔了一段空窗期，條件反射似乎還在。

貓在沙發上打哈欠。

我從未與動物共同生活過，「家裡有貓」這個狀況使我興致勃勃走向沙發。才剛靠近，貓就一溜煙地跳下沙發，跑進了廚房。看來牠不喜歡我。

我直接在沙發上坐下。

廚房裡，正從餐具櫃拿出杯子的他說：

「聽說白貓的警戒心比一般貓更強喔。因為白色在自然界特別醒目，白色的動物比其他動物更容易遇到危險。」

宛如自言自語一般，他又低聲嘟噥：

「明明沒做什麼啊，只不過是天生白色而已。」

聽見水燒開的聲音，他熄了火。

我靠在沙發椅背上，環顧整個屋內。

和我還在時相比，有幾個地方不一樣了。大概是貓抓的吧，沙發扶手變得破破爛爛。抱枕套也換新了，窗前設置了扁扁的護欄。

一陣溫暖香氣飄散，他端咖啡過來了。我接過馬克杯說：

「你不是很忙嗎？」

「嗯，超忙。」

他笑得一臉滿足，臉上看得出不少鬍碴，應該好幾天沒外出了。在餐桌旁坐下，從堆在桌上的雜誌裡抽出一本翻開。即使我專程來這裡，他也沒想招待的意思。看到他那輕鬆自在的模樣，不禁懷疑自己離開一年的事只是一場夢。其實我們一直一直和過去一樣，一起生活在這裡。

不過那不是夢。我是來拿護照的。

把杯子放在茶几上，我站起來。正要朝臥房走去，地上的貓又像逃避我似的，快步跑到房間角落。

我又不會對你做什麼。雖然有點受傷，不過算了，反正再也不會來這了。

進入臥房，拉開床頭櫃抽屜。兩本護照都在。打開確認過名字後，只拿走自己的那本，回到客廳。

他還在翻雜誌，貓躺在他腿上。

即使沒有我，他也無所謂了。過著悠閒自在的生活，工作充實到忙碌的程度，還有這麼黏人的貓。

我也無所謂啊。一點都無所謂。一個人也過得下去。

「那我走了。」

我說。他撫摸著貓回答「喔」。

貓閉上眼睛，一副很舒服的樣子。一身漂亮的白毛。我輕輕摸了一下貓屁股，意思是跟牠說「Bye-bye」。貓張開眼睛看我。還以為牠又要逃跑，不過貓動也不動。然後，再次閉起眼睛。

第二次發作，是那幾天後的早晨。

從在家準備出門工作時，就覺得有點怪怪的。手不知怎地有點麻，喉嚨也不太對勁。

心想，大概是著涼了吧。前晚沒睡好，睡醒的時候就不太舒服。沒食慾，猜想可能快感冒了，只喝了加點蜂蜜的薑茶就出門上班。

電車一如往常擠滿了人，很悶熱。人。人人人、人。

抓住吊環，為了對抗車身的搖晃，雙腳用力踩穩。離「Lilial」最近的車站還有兩站時，那個突然又來了。

心臟猛地跳了一下，接著是激烈的心悸。啊、又來了。無法呼吸。又沒有人推擠我，嚴重的壓迫感卻像要把胸腔擠扁。呼吸、得呼吸才行。不行了，只有我的周遭像在水裡一樣，似乎沒有半點空氣。汗水明顯從額頭和手心噴發，我死命抓住吊環。

好難受，救救我，有沒有人、有沒有人能快點去把電車停下來？繼續這樣下去，要是我溺水窒息而死怎麼辦，怎麼辦怎麼辦怎麼辦怎麼辦怎麼辦怎麼辦怎麼辦怎麼辦怎麼辦怎麼辦怎麼辦怎麼辦怎麼辦怎麼辦……

我要死了。

就在差點昏厥過去時，電車停了。意識朦朧之中，我放開吊環，踉踉蹌蹌地下車。

連找長椅都無法，直接頹坐在月台柱子旁。內心滿是逃離車廂的安心感，呼吸也恢復了。

大多數人們都從我身旁快速走過，只有一個年輕女孩過來問：「妳沒事吧？」因為可以呼吸了，暫且冷靜下來，抬起頭對她輕輕點頭。

「要喝水嗎？」

她從自己包包裡拿出沒開過的寶特瓶。其實我想喝，但仍微微搖頭。

「我沒事的，謝謝妳。」

說著，我自己站起來。真的沒事了，不敢相信。

見我露出笑容，她才放心地點頭離去。

是天使嗎？我這麼想。受到她聖潔溫柔的對待，我感動得掉了幾滴淚。

那個漂亮的孩子有一頭直長髮與細長的眼睛，年紀大概二十歲左右。一定還是學生吧。

我在差不多那個年紀時，也能像她這樣主動關心痛苦的人嗎？會問對方要不要喝水嗎？總覺得沒有辦法，當時光是自己的事就夠我煩惱不完了。

還要再過三十年，她才會來到我現在的年紀。這麼一算下去，只能笑出來了。說不定她的媽媽都還比我小。

我真的長大了呢。

只有身體老化，內在一點也沒成長。

一個深呼吸後，把手放在胸口。心臟已經平穩下來，也不覺得噁心想吐了。真是的，那到底怎麼回事？

下一班電車約莫三分鐘後就到。可是，今天我已經不想再搭電車。擔心萬一再次發作怎麼辦。

光是這麼想像，就又忽然心悸起來，把我嚇壞了。慘了，光是想到要搭電車就害怕。

還差一站。我看一眼手錶，走出車站攔計程車。雖然浪費錢，但也沒辦法。搭車的話，隨時都可以請司機停車，也馬上可以下車。這麼一想，害怕發作的恐懼總算沒再現形。

勉強滑壘抵達「Lilial」，沒有遲到。正在開鐵門時，老闆也來了。

「嗳，妳今天是不是優雅地搭計程車來上班啊？剛才好像看到從我旁邊開過去。」

我露出心虛的笑容：

「不好意思，早上搭電車時突然不舒服。」

「搭電車時？怎麼了？不要緊吧？」

一邊準備開店，一邊簡單扼要地說明經過。老闆一臉嚴肅聽完，抓住我的手臂說：

「快去醫院。」

我臉上還掛著微笑回答：

「我去過了。可是檢查不出問題。」

「不是去內科，去我之前定期看診的地方，給妳地址，妳去這裡看。」

老闆從手提包裡拿出卡片夾。手指一滑，抽出其中一張卡遞給我。

那是身心科的掛號證。醫院名稱下方，用原子筆寫著她的名字。

「老闆，妳定期去這裡看診？」

忍不住問了這個問題。還以為那是與自由奔放的老闆無緣的地方。

「我有時也是會有各種煩惱的呀，這種事很正常。只要想在這世上過得像樣一點，誰都會有不對勁的時候，沒什麼好奇怪的。」

她說得雲淡風輕，我不由得反省。即使一個人看似活得隨心所欲，開心自在，只因為看起來是這樣，就認為那個人沒有煩惱或不會痛苦，這未免太缺乏想像力了。一個女人六十年的人生，絕不會是那麼單純的東西。這種道理想想就該明白才對，我果然是個只想到自己的人。

不過，現在的我，真的符合去看身心科的狀況嗎？在電車裡忽然呼吸不過來，是這麼回事嗎……

「我的心，生病了嗎？」

我畏畏縮縮地望向老闆，她指著太陽穴說：

「應該說，是大腦做出錯誤的判斷。所以身體才會不舒服。」

「大腦？」

「我們人的大腦啊，很笨的。」

用對自己人開玩笑的親暱口吻，老闆擠眉弄眼地笑著說。

在老闆建議下，三天後去了她介紹的那間身心科診所。打電話去預約時，對方說要兩星期後才約得到診，話剛說到一半，忽然又說「剛好現在有人取消」，便幫我預約了那個空檔。老闆說我超幸運，因為第一次去身心科診所看診的人，預約不到想要的時間是常有的事。我這才實際感受到，真的有很多人求助於身心科醫生。

即使如此，看診前的那三天，通勤還是讓我費盡千辛萬苦。沒那麼多錢每天從家裡搭計程車到職場，只能早點出門，把時間抓在即使因為發作，每一站都需要下車也不會遲到的範圍。雖然沒有出現嚴重症狀，每接近車站一步，身體就愈緊繃。別的不說，光是與憂鬱對抗就使我筋疲力盡。

看診的結果，醫師診斷我得了恐慌症。

這病名我也聽過。會出現突然心悸，換氣過度或發汗的生理症狀。過一會兒症狀就會像沒事一般完全消失，這點也符合我的情形。最恐怖的是，反覆幾次後，「擔心什麼時候又再發作」的焦慮，會慢慢演變成恐慌。就像老闆說的，大腦誤判狀況，給出錯誤的指令。此外，恐慌症特別容易發生在電車上、電梯裡和電影院中。

醫生開了三種藥給我。早晚各一次的抗焦慮藥物以及發作時依需要服用的應急藥。並說明可能會有想吐、嗜睡等副作用。

好好接受診療，也拿到治療藥物，一方面感到鬆了一口氣，一方面也為自己可能抱著一大顆未爆彈擔憂。

為什麼是我？為什麼是現在？

心中滿是焦慮和憤懣。得快點想辦法治好才行。

「這要多久才會好？」

我這麼問，初老的醫師耐心回答：

「不會馬上好喔，至少一年起跳，可能得花上好幾年。」

我大受打擊。可能得花上好幾年？

不會馬上痊癒。今後，我必須好好面對自己的「障礙」。好不容易找到能發揮專長的工作，正想在各方面多加把勁的時候，偏偏生了這種自己無法掌控的病。感覺就像人生背叛了我。

看我低頭不語，醫師說：

「擔心發作或真的發作的時候，最好趕快轉移注意力。可以跟別人講講話，嚼嚼口香糖、喝喝水，或是聽音樂。」

聽到這個我就想到，月台上那女孩上前關心我時，確實很快就恢復正常了。或許就像醫生說的這樣吧。還有，說不定那女孩也曾有過同樣難受的經驗，甚至，現在都還為此所苦。

醫生要我兩週後再來回診，向櫃檯辦理預約手續後，我走出診所。打電話跟老闆報告看診結果，她像早就準備好似的這麼回答：

「總之先休息半個月。妳的有薪假還有剩吧？就當給自己放個大假吧。」

「半個月，休這麼久？可是老闆一個人店裡……」

「這邊我會想辦法。每個人適應藥物副作用的時間都不一定，有人甚至要花十天半個月。副作用還挺難受的喔。」

語氣不由分說。

老闆雖然溫柔大器，在經營上可是毫不妥協。

發作的當下就不用說，藥物副作用也會使我喪失工作能力，讓形同廢人的我站在店裡，只會給客人和她造成困擾。這肯定才是真心話吧。

其實不想把有薪假用在這種地方，可是，要是請長假休息，薪水減半也很痛苦。一月只剩下一星期左右，和老闆約好二月五日回來上班，我就帶著一點也不雀躍的心情去「放大假」了。

老闆說得沒錯，副作用真的很難受。整天昏昏欲睡，連看電視都不舒服。有時不知不覺睡著了，有時躺著什麼事也不想做。儘管沒有真的嘔吐，胸口一直有灼燒噁心的欲嘔感。不想吃任何東西，只好把奶油麵包撕成小塊，泡牛奶後勉強塞進嘴巴。

一直待在家裡雖然免除了搭電車的危機，一想到自己會不會就此成為廢人，心情又沮喪得眼淚直流。為了舒緩焦慮而服藥，卻陷入對什麼事都提不起勁，反而更焦慮的惡性循環。明明是為了療養才休息，感覺似乎比不休息還糟糕。

蜷縮在棉被裡，手腳明顯冰冷。活著竟是一件如此辛苦的事。過去也曾這麼想過好幾次，只是用忙碌的日常生活蒙蔽自己，刻意不去多想而已。從今以後，我肯定將面對更多更麻煩、更辛苦的事。我為什麼要活著？還要活多久？

活得這麼痛苦，不如不要活了，乾脆像闔上書本一樣結束算了。即使這麼想，只要呼吸稍有不順，我又一定會立刻服用應急藥。

真矛盾。活著這麼痛苦，卻依然恐懼死亡。

上次醫生是不是說過，想轉移注意力時，可以找人說說話。

躺在床上，打開手機通訊錄往下滑。一個又一個的名字出現眼前。可是，找不到一個能夠毫無理由打電話去問「你好嗎？」的對象。大家都很忙，不好意思要人家陪自己閒聊，只為了幫我轉移注意力。話雖如此，也不想把現狀告訴別人，畢竟那只會令氣氛變得沉重。

手指在螢幕上滑著滑著，滑出了他的名字。

我停下手指，凝視那幾個字，好幾秒鐘。

以前我病倒的時候，他總會削蘋果給我。只有那種時候切成方便食用的薄片。全部吃完後，他就會笑著說「這樣就治好嘍」。

可是，那都已經是過去的事。老是想那些美好回憶也不是辦法。

我收起通訊錄，把手機放回枕邊。

閉上眼，世界一片漆黑。現在我真的是孤單一人了。

第五天，一起床就覺得好輕鬆。雖然不到活力十足的程度，但心情感覺很平靜。

大概身體已經適應藥物了吧。比想像中還快呢。我拿起吸塵器打掃房間，啟動洗衣機。還稱不上有食慾，不過義大利麵似乎可以吃點。我煮麵、磨蘿蔔泥，和罐頭鮪魚拌在一起，最後淋上青紫蘇醬汁。

只是做了這些，就產生一股莫名的成就感。看來這樣下去，很快就會復原了。心情瞬間積極起來。

吃過飯，我打開筆電。

瀏覽「Lilial」的Twitter和IG帳號。這些社群網站的「小編」原本就是我，但這幾天都丟著沒管。回覆網友留言，打上店名搜尋網路評價，看到好評的顧客推文就轉推出去。坐在電腦螢幕前，身體慢慢有了力氣。接著，打開「Lilial」的官方網站，重新檢視網站內容。

早就在想這件事了，官網果然應該重新整頓。

現在的官網內容，除了介紹店位在哪裡外，只放上幾張外觀和店內的照片，連賣什麼商品都不知道。平常忙著接待店裡客人和處理雜事，實在沒多餘時間處理官網，老闆也說「不會造成困擾」。可是，和手機一滑就過的社群網站不同，官網等於這間店的「住處」。總覺得只要改良官網，一定還能發揮更多功用。一直沒下定決心做的網路商城，也絕對有必要著手。

搜尋其他雜貨店的官方網站做參考時，電腦當機，畫面不動了。我皺起眉頭，不知道是不是路由器出問題，最近Wi-Fi訊號很不穩定。

站起來，走進廚房燒水。拿出裝薄荷茶的盒子，覺得醫生和老闆都說得太誇張，我說不定已經痊癒了。或許因為趕在病情惡化前去了醫院，身體也很適應藥物吧。雖然已經請了半個月的假，既然好了，不如早點回去上班吧。

可是，一跟老闆提這件事，卻得到她一串看起來像中文的回覆：「駁回。時機尚早，嚴禁大意。」還以為她會高興得歡迎我回去呢，真教人失望。好想快點回到工作崗位，也想開始準備去英國出差的事。

晚上，電話打來了。

原以為是老闆，拿起手機一看，是他。
心臟發出緊縮的聲音。拜託，現在不要嚇我好嗎？好不容易心情才平靜下來的耶。我撫著胸口，接起電話。
「……是。」
「啊、是我。妳好。」
「是。」
我簡短回應，他停了一下才說：
「有事想拜託妳。」
語氣生疏得像毫無關係的人。是毫無關係沒錯，但聽了不開心。
「為什麼要用敬語？」
我也故意用敬語，聽得出電話那頭的他忍俊不住。
「其實我後天臨時有事要去一趟京都，四天不在家。所以，能拜託妳照顧貓嗎？」

貓？

面對這遠遠超乎想像的請求，我當場拒絕：

「不行啦，我住的地方不能養寵物。」

我住的地方。說出口的話逆流回胸中。

「嗯……要是方便的話，想請妳過來我家。」

我家。換句話說，就是他住的地方。

再次體認現在彼此各有各的「住處」，我思考了一下。

他不在家的話，我自己在那個屋裡過幾天似乎也不錯。那間公寓比我的小套房寬敞，採光又好，浴缸也夠大，泡在裡面手腳都能伸展。最重要的是，隨時都有順暢的Wi-Fi可用。回店裡上班前，我想重新檢視官網，也想上網蒐集英國雜貨的資料，那邊的網路環境再適合也不過了。

這是我第一次被人「拜託」照顧貓，但那隻貓對我既無興趣也無好感，應該各過各的就好了吧。

「………可以是可以啦。」

「太好了，謝謝。我實在沒其他人可拜託。」

為了不去過度解讀這句話背後的意思，也不讓彼此賦予這句話特殊意義，我淡淡回應：

「反正，我以前也住過那裡，正好適合。」

針對這點，他沒說更多，只輕描淡寫地說明一月三十一日出發去京都，二月三日傍晚回來。三十一日中午左右就要出發，所以希望我早上過去。

「如果嫌上班前還要先跑一趟麻煩的話，三十日晚上先來也行。還是要我拿鑰匙去Lilial？」

聽著他的提議，我重新拿好手機，盡可能用若無其事的語氣說：

「我正好在休有薪假，老闆說我工作過度，要我放個大假。」

這也不算說謊，自己覺得迴避得真巧妙。

不想讓他知道我得了恐慌症。不想讓他同情我。也不想讓他以為我在吸引他的關注。

約好三十一日早上十點過去，我掛上電話。

打開行事曆手冊，從一月三十一日拉一條線到二月三日，猶豫了一下要寫什麼，最後寫上「貓」。

二月二日。手指輕輕撫過那個我打上星號的日期。

一月三十一日早上，拉著一個小行李箱，我搭上電車。

車門旁的長椅，最靠邊的位子還空著。把行李箱放在一旁，單手壓著坐下來。斜揹肩包放在腿上，感覺像要出門小旅行。畢竟不管怎麼說，那個家裡已經沒有我的牙刷。

分手時，我把衣服和書全部帶走。他過去送我的東西則全部丟掉。包包、首飾、小東西及手錶，真的是全部。

下個停靠站有人上車。那個高大的男人往我面前站，他身旁是另一個高挑的女人，我隔壁又坐著看似學生的男生。無處可逃。

咦？我感到疑惑。無處可逃？我怎麼會這麼想？

一股焦躁感從心窩冒出，心跳開始加速。討厭，為什麼。不是已經沒事了嗎？今天早上也有好好吃下抗焦慮藥啊。

急忙從斜揹肩包裡拿出化妝包，得快服用應急藥才行。可是手邊沒有水，早知道該備著才對。硬是在嘴裡累積口水吞下藥錠，因為水分不足，橢圓形的白色顆粒卡在喉嚨。我敲打胸口，電車正好一個搖晃，行李箱的輪子滾動，又急忙伸手去抓。

在人牆包圍下，我再度心想，無處可逃了。全身脈搏啟動全速跳動，帶走了我所有注意力。閉起眼睛，勉強告訴自己。

沒事的，妳有吃藥，藥會發揮效用。為了轉移注意力，我拚命試圖找些可有可無的事來想。有沒有什麼、有沒有什麼……睜開眼睛環顧周遭，車廂內垂吊的美容中心海報上有貓的照片。對了，貓。接下來四天，我得跟那隻看似高傲的白貓共同生活。這麼一想，才發現還沒問牠的名字，也不知道性別。

幾分鐘後，電車停下，我對面的位子空了出來。眼前高大的男人回頭看見有空位，就走過去坐下。卡在喉嚨的藥錠一點一點掉入體內。

視野開闊後，呼吸變得順暢，心悸也漸漸收斂。我抬頭看海報上的貓。謝謝你，謝謝你救了我。

時機尚早，嚴禁大意。想起老闆傳的LINE，用手背拭去額上的汗珠。

貓是母貓，他說沒特別取名字。理由是「由我來幫牠取名字，好像太厚臉皮了」，什麼莫名其妙的理由。又說獸醫推測貓的年紀大概九歲。

說明了貓吃的飯（他不說飼料，而是用這樣的說法）有哪些種類，間隔多久餵食，貓砂的清理方法和注意事項之後，又遞出一張寫了更詳細注意事項的紙。在他講解這些的時候，沙發上的貓一副不關己事的樣子，兀自梳理臉上的毛。

「啊、還有——」

他要我進臥房，打開衣櫃。一個小型衣物收納箱裡，放有貓的玩具。

「這是她最近喜歡的東西，我收在這裡，『來玩吧』的時候，就可以拿出來玩。」

一根細長棒子，綁著細細長長的絲線，絲線前端連著三根藍色羽毛。是逗貓棒啊。

「玩這個有訣竅。要先在她面前揮來揮去，像這樣輕輕點地……」

說著，他用羽毛輕輕拍打地面，像鳥在地面走路。

「然後，拉起來。」

羽毛翩翩飛向半空。原來如此，模仿鳥飛起來的樣子是嗎？將逗貓棒收進箱子，他咧嘴一笑，彷彿藏起什麼秘密武器。

「明白了嗎？」

「明白了，我會記住。」

雖然不知道會不會有想「來玩吧」的時候就是了。

回到客廳，貓已離開沙發，蜷曲在地板上的貓床墊。不確定她清楚眼前的狀況到什麼地步。最愛的主人將離家好幾天，取而代之的是我這個陌生女人要來這裡過夜。

「那我出門嘍。」

他摸摸貓的頭，貓閉著眼睛動也不動。

「這個姊姊，意外地人很溫柔喔。」

放開貓的手朝我指來，這麼說著，他走出客廳。什麼叫「意外地」啊？

門口傳來他「那就麻煩妳了」的聲音。我本想去玄關送他，想想還是算了。做那種新婚夫妻才會做的事，好像也不太對。他只是找我來當貓保母，我只是來「借用」這裡辦公。隔空回了句「好喔」，我便坐回沙發。

門關上的瞬間，輕聲說了「路上小心」，不知道他有沒有聽見，但那都無所謂了。

桌面好寬敞。

明明是以前用到不要再用的桌子，現在卻感動於桌面之寬敞。

我現在住的小套房，只有一張擺在床旁邊的折疊式小矮桌。無論吃飯或寫東西，大都在上面解決。比起直接坐地板，還是像這樣好好坐在椅子上，身體的開關才能正式打開。

打開筆電，攤開資料和參考書籍，我相當專注地投入工作。上網找網站製作業者，也思考有哪些可以自己先做，還調查了開網路商城的方法……

為了簡單明瞭地向老闆說明，我甚至做了企劃書。打開WORD開始打字時，不經意瞥向時鐘。

餵貓吃飯的時間到了。一天兩次，他說早上的飯已經餵過。

貓在地板上理毛。是說，我沒想到貓是這麼會睡的生物。整天幾乎都在睡，偶爾醒來，動不動就舔起身體理毛。

到了傍晚，貓開始在房間裡四處走動。既沒有因為他不在家而表現出寂寞的樣子，也沒有疏遠我。可是，只要我一靠近，她又會採取警戒姿勢。這使我不太開心。我現在可是要來幫妳準備食物的人耶，何必這麼戒備。

「沒什麼好怕的，妳只是不知道我是誰而已。」

沒好氣的我，忍不住這麼說。我一從貓身邊離開，她就再次擺出不在意的表情，重新舔起毛來。

說實在的，也不是不能體會她的心情。對於「未知」的事物，難免會感到害怕。

一邊打開貓食往碗裡倒，我一邊這麼想。很多事都是這樣，只要知道了就不會害怕。

「吃晚餐嘍。」

我將貓碗放在他指定的地方。沙發旁的一個小空間，似乎就是她的「餐桌」。貓等我走遠才跑向貓碗，發出喀哩喀哩的聲音吃起飼料。

我也得吃點什麼才行，午餐一不小心就忘了吃。走向廚房，打開冰箱。他說想用什麼食材都可以，我還是有點抗拒。

沒看過的沙拉醬、剩下半瓶的果醬。這個冰箱已經成為只屬於他的東西。

關上冰箱門，決定先洗澡。今天晚餐叫外送吧。

盥洗台也好，浴室也好，置身其中時，都有一種「少了什麼」的感覺。少了的東西，是過去我一直使用的那「另一半」。他的牙膏、他的洗髮精、他的刮鬍刀。全部都只有一人份。

屋內沒有女人進出的痕跡。或許掩蓋了也說不定。不過，我倒不認為他有這麼機靈，也沒這個必要。更何況，要是有那種對象，又何必找我來照顧貓。

啊、可是，戀人也有可能在京都。

往浴缸裡放熱水。透明水花嘩啦濺起，我出神地望著那個。

分手的原因是什麼來著。

在那之前，也曾好幾次喊著「受不了了！」只是不管怎麼說，最後總還是會在玩笑打鬧中恢復日常。只有那次不一樣。

那時我心想，和他在一起不覺得心動了。無法冀望兩人的關係還有什麼新發展了。

總覺得過去我們彼此都在摸索自己該走的路。可是，始終找不到適當的定點落地。慢慢地，連自己都搞不清楚了。變得像是在找「自己到底該找什麼」，一籌莫展的心情不斷持續。

為什麼會和他一起生活呢？思考這一點時，我每次都只能得出「單純不想自己一個人」的結論。我開始對僅僅由慣性維持的關係感到沒有意義，當時「Lilial」的工作正要上軌道，或許我也有些高估自己了吧。一次小小的爭吵中，我順勢脫口而出：

「都在一起這麼久了，還是一點都沒有前進啊。今後的人生，我想自己一個人好好過。」

他沒有挽留我。

只是淡淡笑著，很乾脆地點頭。

既然妳想這麼做，那也沒辦法，我願意支持。

聽到這句話的瞬間，意想不到的失落感襲擊了我。老實說，我非常慌亂。或許以為他會挽留我吧，可是這只是我幼稚的任性。在他心中，早就已經結束了。

之後事情的發展就快了。我沒怎麼仔細找房子，很快簽了現在住的小套房租約，頭也不回地離開這個家。

和他在很久以前見過一次面的父母嘮嘮叨叨地說：

「因為覺得有蒼在妳身邊也好，我們才什麼都沒說，可是茜，妳都已經五十歲了，事到如今恢復單身，到底想怎樣？」

不想怎樣。我只是想做自己而已。正因為五十歲了，我才要毫無包袱地在自己的人生中好好邁進。

……明明是這麼想的。

強勁流出水龍頭的熱水，嘩啦嘩啦地在浴缸中迴盪。

隔天，二月一日。

準備好貓的早飯，往沙發旁地上一放，她踱步走了過來。也不管我還蹲在那裡，貓就把臉埋進碗裡吃起來。身為「給飯吃的人」，或許我已經獲得她的信賴。

去附近超市簡單購物。去程的路和超市看似與過去無異，但都有了一些變化。短短一年內，路上多了新的建築，超市也換了擺設。內心莫名感嘆光陰流逝。

回到公寓，打開房門，看到貓在玄關，我嚇了一跳。她抬頭看我。或許聽見開門聲，把我誤以為成他了吧。姑且對貓說聲「我回來了」，她只默默伸出前腳舔了起來。不知道到底在想什麼。

聞到有機物的味道，這才想起該清貓砂了。先把買回來的食材整理好，重讀一次他留下的說明書。

好久沒像這樣為別人勞動。在店裡接待客人時，當然我也自認盡心盡力，但總覺得這個和那個的動機好像不同。一點也不覺得痛苦……別說痛苦了，拿鏟子插進貓砂時，內心竟然有種滿足感。明明做這些事沒半毛錢拿，貓更不會開口說謝謝，但那些我完全不需要。

上次是說獸醫推測她九歲左右嗎？清完貓砂盆，洗好手，拿起手機上網隨便搜尋了一下。

貓九歲相當於人類年齡幾歲。

「五十二歲？」

看見顯示的數字，我笑出聲音來。什麼啊，幾乎跟我差不多大嘛。往貓望去，她一如往常在墊子上睡得香甜。

這安詳寧靜的光景使我心情放鬆。即使和自己沒有關係，看見對方安心，有時自己也能獲得安心。至少她似乎已經認同我，不把我當敵人看待了。

我進廚房煎荷包蛋，用烤箱烤吐司。再添上水煮綠花椰菜及小番茄。一邊看上午的娛樂情報節目，一邊配熱奶茶慢慢吃完這些食物。

聽見電視廣告快節奏的音樂，貓倏地睜開眼、抬起頭，盯著電視螢幕看。她喜歡這首歌嗎？接著，貓在客廳裡無聲地走起來，走到坐在椅子上的我腳邊，用自己側腹摩挲我的小腿。

「咦？怎麼了？」

突如其來的友善待遇使我大感意外，略帶猶豫伸手撫摸貓的背。

看見耳朵後面的傷痕，那已經烙印在她身上，成為她的一部分。

發生過什麼事？會痛嗎？害怕嗎？

活到這把歲數，當然是經歷過大風大浪的吧。

一撫摸她的身體，貓就繞著我的腿打轉，尾巴慢條斯理地搖晃。接著，又毫無預兆地忽然跑掉了。真是隨性啊。

我把餐具疊起來拿進廚房，吃了飯後服用的抗焦慮藥物。這藥得吃到何年何月呢？要怎樣醫生才會診斷我痊癒了呢？和傷口或腫瘤不一樣，沒有肉眼可見的依據，也沒有可供判斷的數值。

喵。家中某處傳出貓叫聲。這隻貓太不常叫了，這還是我第一次聽到她叫。心想，原來她的叫聲是這樣的啊。她又喵了一聲。

「該不會是在叫我吧？」

一邊這麼自言自語，我朝聲音的方向走，看見她在臥房裡。坐在衣櫥前盯著我看，顯然想表達什麼。

難道……

我打開衣櫥，貓抬頭看衣物收納箱。果然。她知道自己心愛的玩具放在那裡面。

我打開蓋子，取出有藍色羽毛的逗貓棒，她立刻原地打起轉來。這時，我才發現自己誤會了一件事。

他說的「來玩吧」的時候，是指貓想「來玩吧」，不是我。

在這裡，一切以貓的自由意願為尊。她想睡覺就睡覺，想吃飯就吃飯，想玩就玩。

我按照他的指導，先讓羽毛在地上走幾步路，等貓伸出前腳想抓的瞬間，忽地向上拉高。反應激動的貓睜大眼睛飛撲上前。原來那個總是一臉淡漠的貓，內心依然具備熾烈的狩獵本能啊。我逗弄追逐青鳥的貓，像個魔法師，上下左右操控逗貓棒。

想抓到這個可沒那麼簡單喔。不會輕易屬於妳的喔。

然而，不知是貓戰鬥力驚人，還是我的體力太差，玩到一半我就累了，乖乖交出逗貓棒。真是個落魄無能的魔法師。

貓用前腳夾著羽毛啃咬，不一會兒，似乎已經玩膩，她把逗貓棒丟在地上，兀自舔起毛來。舔到心滿意足才慢慢走向墊子，瞬間進入夢鄉。

枉費那好不容易才抓住的青鳥。

傍晚前，企劃書完成了。

應該可以借用一下印表機吧。只要他沒買新的，那台印表機插上USB隨身碟就能直接列印。

我探頭進他當成工作室使用，有別於臥房的另外一間房間。在他開始承接平面設計工作前，這裡算是兩人共用的空間。我會在書桌前做些行政工作或讀書，書櫃也是兩人共用。

後來這間房間慢慢變成他的專用工作室，不可諱言，我的確有種自己被驅逐到客廳或廚房的感覺。

印表機和之前放在同個地方。打開開關，插入USB隨身碟，印出共有七頁的企劃書。確認印出的內容後，不經意瞥向書櫃。

決定分手那時，我把自己的書全部裝入紙箱，書櫃本該空出一半才對。現在，上面再度擺滿了書。

設計軟體的解說書、畫冊、寫真集、食譜、室內裝潢雜誌、平裝書、小說、漫畫、圖集、繪本、字典、色票……

各種領域的書，各自散發他的味道，密密麻麻地委身書櫃。甚至讓人以為他是為了不讓書櫃產生一絲空隙才買了這麼多書。

忽然，目光停留在整整佔了一格的全套漫畫書。那是他以前就很喜歡，一直收藏著的系列作品。

《仲見世On the rocks》。作者高島劍。

高島劍去年得了八塚勉夢文化獎的漫畫大獎。以漫畫之神八塚勉夢為名的這個獎項，每年都會頒給當年度最受人們喜愛的漫畫作品。《仲見世On the rocks》原本就被譽為高島劍代表作，前年翻拍電影後更是爆紅，增加了許多讀者。這是八塚勉夢漫畫大獎首次頒給已經出版好幾年的作品，聽說這套漫畫現在也仍在連載中。

我把印出的企劃書放在印表機上，從整套漫畫中抽出一本。

打開的瞬間，裡面掉出一張紙。是什麼呢？

撿起來，是張折成四折的彩色雜誌內頁。

打開一看，懷念的感覺都回來了。啊、這篇我也讀過。這是廢刊多年的男性商業雜誌《DAP》裡的一篇對談專訪。還記得他說這是一篇好文章時開心的樣子，沒想到把這頁夾在這裡了啊。

彩頁上的照片，拍攝於光線微暗的咖啡廳內。圓桌旁，稍微側身相對而坐的兩人，是高島劍和他的徒弟砂川凌。兩人之間的牆上掛著肖像畫。穿紅衣服的長髮女孩。只使用紅藍兩色顏料繪成的水彩畫，裱在脫俗的畫框裡。

照片下方有一行圖說。

——攝於傑克・傑克遜作品《速寫》前。

傑克・傑克遜是親日的澳洲人。不只在本國澳洲，也在日本開過好幾次個展。

《DAP》這篇報導刊出時，日本還只有知道的人才聽過他。現在傑克已經是偶爾會出現在電視或雜誌上的人氣畫家了。前陣子，他在接受採訪時提到自己快滿五十歲的事。《DAP》這篇報導底下有雜誌發行的年份，距今正好十年前。換句話說，現在距離那時，已經過了十年。

我凝視紅衣女孩。胸前的藍色小鳥別針。哀傷但又透露著甜蜜情懷的濕潤眼眸。

把紙重新折成四折，夾回漫畫書中。

畫像這東西真厲害。肖像畫裡的女孩依然是女孩，永遠都是。

二月二日。

早晨來臨。我拉開窗簾，眺望窗外景色。

晴朗的美麗天空。

餵貓吃了早餐，自己也吃完火腿吐司後吃藥。穿上紅毛衣，化了淡妝便出門。

斜背包裡有寶特瓶裝水。除了手帕、行事曆手冊和錢包外，還有應急藥、口香糖和MP3隨身聽、文庫本。最後是夾在檔案夾裡的企劃書。

我沒先告知老闆，決定直接去一趟「Lilial」。順利搭上了電車。故意不搭兩站之間時間較長的快車，改搭每站都停的普通車，這或許是正確決定。邊聽音樂，邊在腦中跟著歌詞唱出來。要是有什麼突發狀況，包包裡也有應急藥和配藥的水。萬全準備就像令我安心的護身符，一路平安搭到離「Lilial」最近的一站，完全可以用「度過難關」來形容。走在月台上，我淡淡地笑了。

到了「Lilial」，打開門，櫃檯裡站著一個我不認識的女人。

「歡迎光臨。」

她對我露出親切笑臉，我感到一陣困惑。那是個三十歲左右，燙著咖啡色蓬鬆捲髮，身穿格子上衣的可愛女孩。一舉手一投足，都非常融入這間店。

像被人拿了粗糙的東西摩擦心臟，我忍不住停下腳步。

這時，老闆正好從辦公室走出來。

鬆了一口氣，點頭打招呼，她低聲喊著「哎呀」跑過來。

「不好意思突然跑來，不知道能不能跟老闆聊一聊。」

我這麼說，老闆輕輕點頭。

接著，她重回辦公室拿手提包，並對櫃檯裡的女孩介紹我。女孩像是聽說過我，點頭說：「喔喔！」

老闆拍拍她的肩膀說：

「這孩子是我姪女。結婚後辭去工作，說整天在家很無聊，我就請她來幫忙。」

換句話說，她是來代我的班。那可得跟人家道謝才行。

「不好意思，麻煩妳了，謝謝妳喔。」

「別這麼說，我也很開心。」

像是為了阻止我們繼續聊下去，老闆從背後推了推我，又對姪女說：「我們去喝個茶喔。」

「Lilial」不遠處有間咖啡店，我在那裡和老闆面對面坐下來。

咖啡還沒端上來前，我掏出檔案夾，一邊給老闆看企劃書，一邊按內容說明想重新整頓官方網站的事，也提出開網路商城的提案。

「嗯、嗯。」老闆小聲應和，說明到一半時，咖啡端上來，她便靜靜喝了兩口。在我說明的這段時間內，她表情始終不變，也絕不插口提問。

反應很淡。我豁出去，拚了命地爭取。

腦中浮現剛才老闆姪女的臉。那樣的女孩正適合「Lilial」。站在老闆的角度，比起生了這種麻煩疾病的我，當然寧可選擇幸福到無聊又有健康體魄的自家人來當員工。

說不定我會被炒魷魚。她特地帶我到外面來，或許就是為了說這個。

等我說明結束，終於伸手去拿杯子時，她又重新看了一遍企劃書，然後抬起頭說：

「企劃書寫得很好，妳做了很多調查吧？」

「……是！」

太好了，獲得稱讚。我全身虛脫，喘了一口大氣。

老闆又緩緩地說：

「那個啊，其實我原本有在想一件事。看了這份企劃書後，更確信應該要那麼做比較好。」

她啜飲咖啡，再次望向我。

「有薪假休完之後，妳不用來上班也沒關係。」

「…………咦？」

「暫時停職，好好休息一陣子。不然，就算再給妳幾天假期，妳還是會像這樣放不下工作吧？」

這是……實際上要解雇我的意思嗎？腦袋一片空白。老闆的意思是要我自己辭職？

才不要，那種事我絕對不願意。我搖著頭，往前探身。

「請讓我回店裡。我沒問題的，會好好吃藥想辦法……我可以的。」

「心情跑得太前面，身體是跟不上的喔。不要勉強比較好。」

「可是，這樣的話，去英國採購的事怎麼辦……」

「現在妳連電車都未必能搭了耶。上了飛機可是不能中途下機的喔。」

老闆語氣強硬，犀利的視線射向我。

也難怪她會這樣。「Lilial」是個人商店，沒有餘力雇用不可靠的員工。我就要這樣被拋棄了。

緊咬下唇，用力握緊顫抖的拳頭。

明明我都這麼努力了，到底哪裡不行？為什麼事情會變成這樣？

「現在我要說的話很重要，妳仔細聽。」

老闆這麼說著，把她的手放在我手上。

「活下去。」

我赫然抬頭。

老闆對我露出包容的微笑。

「不管怎樣，活下去，這樣就好。這麼一來，英國也好法國也好，哪裡妳都能去。很多事都能做，和Lilial有沒有關係都好。但那不是現在。只要時機到了，各種事都會轉變。但是一直待在同樣的狀況裡，不會有半點好處，無論是妳還是我，或是世間眾人都一樣。」

接著，她用力握緊我的手。

「我會等妳回來。我很賞識妳採購的能力，所以等妳身體狀況恢復，獲得醫生許可了，再來和我一起工作吧。每個當下都有每個當下最好的形式。」

啊。我發出嘆息。

我……我沒有被拋棄。我受到如此的信賴。

難以做到和原本一樣的事時，勉強自己前進，或許只會把很多事都給破壞。

為了今後能持續下去，現在要先暫停。我應該要感謝並接受老闆身為經營者的顧慮和身為一個人的體貼。

老闆輕輕托腮，望著遠方說：

「常聽人說，人生只有一次，所以要盡力去活。可是，我總覺得那個說法滿可怕的呢。只有一想到『只有一次』，就不敢盡全力豁出去了呀。」

感到意外，我睜大眼睛。

「我一直以為老闆是盡全力而活的人。」

老闆像個少女似的笑得開心：

「當然，我向來都盡全力而活喔。可是，我覺得人生可以不止一次。無論從什麼時候開始，用什麼方式，都可以重新開始。我比較喜歡這種思考模式。」

我懂了，這樣的話的確很有她的風格。非常。

老闆盤起雙手，像環抱自己。

「只是，人生雖然可以有好幾次，經歷人生的身體只有一個。所以，要盡可能持久耐用才好。」

我忽然想說出來了，那件以為不會跟任何人說的事。

「老闆，我……」

「嗯？」

「我好像上來了。」

二月二日。

這是去年最後一次生理期來的日子。上一次月經過後一年都沒來，就是停經的證明。

間隔愈拉愈大，漸漸抓不到週期。三月、四月、五月……怎麼等都不來了。那時，我在行事曆手冊上的二月二日這天，做了個星星記號。那就是今天。

今天終於確定了。我再也看不到從體內自然落下的紅色血液。

老闆立刻理解我指的是什麼，用力擺出勝利姿勢。

「妳很努力了。」

我忍不住笑起來。

我很努力了。那些恐懼與喟嘆的情感，終於轉變為平靜。

二月二日前的倒數，我一直以為是要迎向某種結束。其實不是的，今後我也將用這副身體，持續經歷各種事。

長久以來，真的很努力了。我和身體都是。

我把手輕輕放在腹部。今後一起做什麼好呢？在這個數不清第幾次重來的嶄新人生中。

「咦？貓毛？」

老闆看著我的手臂說。我嚇了一跳，跟隨她的視線望去，紅色毛衣上沾了幾根白色貓毛。不愧是白色，醒目得驚人。

「妳開始養貓啦？套房可以養寵物嗎？」

「不、這是……那個……」

看我急忙拂去貓毛，老闆臉上露出促狹的笑。

「要好好珍惜喔，那些陪在身邊的溫暖生物。」

和老闆分開後，我走到車站。

站在斑馬線前，綠燈開始閃爍。

本想跑過馬路，想想又算了。

只是站在原地注視一明一滅的綠色燈光。回想起來，我一直都在跑。其實就算急著跑過去，也差不了多少時間。

總以為等待的時間是浪費，不想停下來。

不只斑馬線，我好像永遠在趕什麼。

快點、快點快點快點。

我到底在急什麼呢？或許在不知不覺中養成了這根深蒂固的強迫觀念。

要讓誤判的「大腦」放心，可能還需要一點時間，但是至少從現在開始……

我希望自己做個能停下來，為誰遞上水的人。

號誌燈轉紅了。

我對著那美麗的顏色深呼吸，大口大口、慢慢地。

二月三日。

吃過午飯後，躺在沙發上看書，看一看就睏了。貓也在墊子上睡覺。我跟著躺下來，正打起盹時，聽見玄關大門開啟的聲音。

他回來了。原本不是預定傍晚到嗎？是不是提早了？

我才撐起上半身，貓已經跑向玄關。被搶了個先，我乾脆又躺回去。

我回來嘍——妳有沒有乖？好乖好乖，好想妳喔。

玄關傳來他開心的聲音。輕易就能想像他摸貓摸個不停的樣子。

對他說「歡迎回家」未免太難為情，我決定裝睡。他走進客廳，說了聲「啊」。即使閉著眼睛，也知道他正走向沙發。

輕輕地，摸了我的瀏海。

我動也不動，那隻手直接輕撫我的頭。像在摸貓一樣。

他很快放開手，拿起腳邊的毯子為我蓋上，走出客廳。太好了，沒有一直待在這。

因為我的忍耐已到極限。忍不住哭出來，眼淚撲簌簌掉落。

然後我就這樣真的睡著，帶著徹底的安心感。

傍晚醒來時，他正坐在茶几前看電視。

貼心地為睡著的我調暗燈光，戴著耳機看新聞。我起身，點亮客廳電燈。

他嚇了一跳轉頭看我，取下耳機。接著，一邊說「伴手禮」，一邊高舉生八橋的盒子。

「謝謝，歡迎回家。」

我趁亂含混帶過這句話。

茶几上還放著其他的零嘴包裝袋，還有一個紅色的赤鬼面具。察覺我的視線，不用我問他就自己解釋：

「去超市買豆子附贈的。」

對喔，今天是節分。他打開零嘴包裝袋，裡面有許多個別包裝的小袋子，每個裡面都裝了幾顆豆子。看來是設計成撒豆的時候一小袋一小袋丟，之後再撿起打開，吃裡面的豆子。

小袋上印著「立春大吉」的字樣。乾豆子傳遞春天來臨的訊息。

「雖然想大家一起大撒一場豆子，可是豆子直接掉在地上的話，貓可能會去吃，所以我就買了這種的。聽說節分的豆子，貓吃了不太好。」

「大家是誰？」

「當然是在場的三個人啊。」

他右手拿著鬼面具，左手朝我、貓和自己指了一圈。

用厚紙板作成的面具上，左右兩側各開了個小洞，應該是用來穿橡皮筋，將面具掛在耳朵上的。

我站起來，從掛在廚房牆壁上的掛鉤取下兩條橡皮筋，遞給他。巧手的他拿橡皮筋穿過小洞，完成了面具。

「拿去。」

「欸？」

他笑咪咪地把面具塞給我。

「為什麼是我當鬼？」

一邊這麼說，我還是一邊把橡皮筋勾上耳朵。他噗哧笑道：「根本就很想當嘛」。

面具的眼睛部分只鑽了兩個小圓孔，視野瞬間變得狹隘。成為赤鬼的我眼中的他，就像從望遠鏡裡看出去一樣。

「好適合妳喔。」

他語氣認真，我聽了一個火大，掀掉面具塞回去給他。

他笑著接過面具說：

「也有青鬼的面具喔。不過，總覺得青鬼給人不可怕的印象。」

「是嗎？」

「嗯？這印象或許來自《哭泣的赤鬼》吧。」

他指的是日本童話故事。赤鬼想和村子裡的人們做好朋友，青鬼為了實現赤鬼的願望，故意扮演壞人，最後毫無預警離開赤鬼，只在門上貼上一封道別信。

「……我不喜歡那個故事。」

或許故事的主旨是想強調自我犧牲、奉獻與友情。把這故事當作一則美談才是正確的詮釋。

可是，我只覺得青鬼太奸詐了。怎能就那樣二話不說地消失。

「青鬼留給赤鬼的信上，寫的是類似『為了你好所以我退出』的內容吧？可是，如果我是赤鬼，一定會覺得那是騙人的，青鬼一定是討厭我了才這麼做。其實他是想自己一個人，所以才離開的吧？早就在等這個機會了吧？」

當然，赤鬼也不是笨蛋。太依賴青鬼，以為自己做什麼都會獲得原諒，認定青鬼一定不會離開自己。本來就是不把青鬼當一回事的赤鬼自己不好。

他手上拿著面具，歪了歪頭說：

「是這樣嗎？我倒覺得可以全盤接收青鬼說的話。我認為他真心喜歡赤鬼喔，所以才希望赤鬼能離開自己，獲得自由。如果對赤鬼來說，那樣比較幸福的話。」

一段尷尬的沉默。

貓悠哉舔舐身體，我怎麼也耐不住這沉默的氣氛。

「你一點都不懂，突然離開什麼的太卑鄙了。」

我拿起一小袋豆子，朝他丟過去。

「離開的是妳吧？」

他也丟一袋過來。

「我哪裡都沒去啊，一直在這裡。」

凝視我的他，眼神直率得可怕。

我轉過頭。
「現在是在講《哭泣的赤鬼》裡的青鬼吧？」
他沒有回答，默不吭聲了一會兒，又像想起什麼似的捲起鬼面具，朝牆壁丟。
滑稽的鬼面具看著我們，露出嘲弄的笑。
「我覺得好不爽。」
我拿一小袋豆子丟赤鬼。
站在我身邊的他也學我這麼做。
把所有的小袋子都丟完後，又去撿起掉在地上的小袋子繼續丟，一次又一次。
鬼在外、鬼在外。
滾出去、滾出去、滾出去。
我心中的鬼。軟弱又愛賭氣，疑心病重，老是虛張聲勢的鬼。

貓興奮地撲向丟出去的小袋豆子。

我們大家一起大撒了一場豆子，認真到出了一身汗。

過了一會兒，他坐在地上笑出來。

「感覺神清氣爽了呢，這個效果真不錯。」

真的，神清氣爽。

貓玩著掉在地上的小袋豆子。我走進廚房，泡了兩人份的綠茶。用托盤端著過去時，他正在茶几邊打開生八橋的盒子。

喝著茶，他打開一袋豆子。

「要吃比歲數多一顆對吧？已經到了這樣吃起來很拚的歲數了耶。更何況要一次吃下這麼大量的豆子，根本就是愈老愈難辦到的事。」

他和我同齡。五十一加一，得吃五十二顆豆子。

「好像也可以把豆子放進茶裡，只喝茶就好喔。聽說這叫福茶。」

我這麼說，他頗感興趣地笑著回答「是喔！」。

他的臉頰近在眼前，我忽然想：

「這麼說起來，以前你刮完鬍子之後，臉上都會有青青的鬍碴，現在倒沒有了耶。」

他摸摸臉頰回答：

「雖然每個人程度不同，三十幾、四十幾歲的時候，鬍子通常比較濃密嘛。五十歲之後毛髮稀疏，還摻了白髮，鬍碴就不太明顯了。」

不再來的紅色生理期。

不再顯青的鬍碴。

我們將像這樣，逐漸失去顏色吧？看著炒成淺褐色的豆子，我恍惚地想。

他啪哩啪哩吃起豆子，喀啦一聲咬下：

「好吃。我挺喜歡這豆子的，顏色也很高雅漂亮。」

欸？我抬起頭。

「漂亮？」

「嗯？很漂亮啊。低調不出風頭，但很有自己主見的顏色。」

看在他眼裡似乎是這樣。我拿起豆子。的確，那原本只覺得不起眼的淺褐色，比我認定的還要明亮，透露一股天不怕地不怕的安心感。

不知何時靠過來的貓，跳上他的大腿，伸長了身體。

白色的貓。像一張畫紙。

看到這個，我忽然領悟了。我們不會失去顏色。因為我們並不是活在沒有顏色的世界裡。我們將用每個當下自己擁有的顏色，繼續描繪人生。

「我啊——」

他嘟噥著說。

「打算開一間畫廊。有個在京都開畫廊的朋友舉辦經營講座，這三天我去請益了很多。」

我睜大眼睛。

「你要買畫、賣畫嗎？」

「嗯，對啊。」

「今後要做那樣的事嗎？」

「嗯。」

他沒有一絲躊躇地點頭，露出微笑。

「現在的我，終於辦得到了。真正想做的事。」

接著，一個呼吸後，他靜靜看著我。

「妳要不要再回這裡住？」

稀鬆平常的語氣。不強也不弱，不熱也不冷。

「我啊——」

話語從嘴邊滑落。

「我正在看身心科。」

他並不驚訝。

「這樣啊。」

「是啊。搭電車時忽然呼吸不過來，覺得好害怕，各種不安湧上心頭，現在有在吃藥了。」

「辛苦妳了呢。」他沉穩地點點頭，繼續說：

「不過，那是任何人身上都會發生的事，很平常喔。就跟看內科或眼科沒兩樣。只是現在身體狀況有點差，如此而已。」

我很訝異，他和老闆說了一樣的話。原來真的是那麼平常的事啊。我就連自己健康時也沒想過這種事，他是什麼時候，又是怎麼會有這種感覺的呢？

「可是，我嚷嚷著要自己過日子才離開這裡，生病了又跑回來，好像太任性自私。」

回過神時，我已經在哭了。

我們一直一直都是兩個人一起。一起去了好多地方，看過好多事物。一起玩，一起工作，一起住。

不需要有疑問。兩人共度的日子本身就是答案。

「我……我沒自信又愛面子，已經不年輕了，還那麼不成熟。」

他忽然像聽到什麼滑稽的事般笑了。

「真巧，我跟妳一模一樣。」

無須言語的心意，隨著淚水滿溢。

說什麼跟他在一起不再覺得心動，什麼進展也沒有了。

完全沒搞懂的是我才對。

他給我的，是名為陪伴，比什麼都深的愛。

「大大方方做自己就好啊。」

說著，他用手指抹去我的淚水。

「我很明白妳的生命力有多崇高，瑞。」

他的雙手，捧住我的臉頰。

我閉起眼睛，把自己的手蓋在上面，這一次不再放開了。

我最愛的，指尖方方的拇指。

# 尾聲

「蒼」這個日本漢字的意思，好像是「Blue」。

「所以我的名字叫 Blue。I'm Blue。」

這是我和他第一次交談時，他對我說的話。

當時，立志成為畫家的我二十歲，住在墨爾本市內，一邊同時兼好幾份差，一邊以水彩為主進行創作。

其中一份工作是在畫具店打工。那間店位於老舊住辦混合大樓的一樓，小小店內販賣各式各樣顏料與畫具。

那時，我請老闆讓我把自己的畫掛在店裡，我則在旁邊實際展示畫具的使用方法。這樣說不定能刺激銷售量。

「好啊，你試試看。」老闆答應了。雖然不能在店裡賣畫，至少讓作品多了一些被人看見的機會，我很感激。

不管怎麼說，那時的我很窮，連買畫框的餘力都沒有。總不能拿店裡的商品來用，我就從倉庫裡找出一個掉在那裡，滿佈塵埃的畫框來用。

第一幅掛在店裡的作品，畫的是雅拉河畔的風景。河邊的人們、林立的高樓大廈、晴朗的天空。

站在那幅畫前看得津津有味的人就是他。

他是設計學校的學生，經常來店裡，我們彼此都記得對方的長相。他凝視了那幅畫好半晌，指著天空的部分，喃喃地說「這藍，藍得很有故事」。

傑克．傑克遜。畫的下方貼著寫有我姓名的標籤。知道那是我的名字後，他也做了自我介紹。一邊把「蒼」這個字寫在紙上，一邊做了那樣的說明。

「不過，日本人都把Blue念成布。」

他道地的澳洲英語發音，聽在日本人耳裡似乎成了「Boo」。

I am Boo。

不過，他說這也是個不錯的綽號，似乎相當中意的樣子。後來，他開始稱自己為「Boo」，我也喜歡跟著喊他「布」。

布和我很快就建立了好交情。

他的父母是畫商，從小生活在經常接觸藝術作品的環境。布自己好像也會畫，但比起創作，他說鑑賞作品，思考與作品相關的各種事，更符合自己的個性。

那天，去參加烤肉大會回來後，布一臉飄飄然地繞來畫具店，說他「認識了一個很棒的日本女生」。

「聽我說，傑克。她的名字叫茜耶。茜，就是Red的意思啊。」

Red和Blue。紅與藍。

這一定是命中注定的吧。布這麼說，目光如醉。

然而，即使幾乎是一見鍾情，布卻保持被動態度，一味等待對方聯絡。她是留學生，布知道她上的是哪所大學，更何況只要去問烤肉大會的主辦人，聯繫到她不是什麼難事。

「我很害怕。」

布說。

「怕自己一頭栽進去，對方身處的卻是我不理解的世界。相較之下，只要來到我的海邊，我就知道怎麼應對。我只會用這種方式和女生交往。」

說這番話的布，露出無處可逃的痛苦眼神。連待在他身邊的我，心裡都跟著難受起來。

兩星期後，她打電話來時，布高興得難以形容。

不只如此，在她的邀約下，他們第一次約會的地方是維多利亞國立美術館。對布來說，這可是他能發揮實力的主場之一。

聽說布太開心了，順勢沒頭沒腦地對她說「茜就是Red呢」。結果，她露出疑惑的表情反問：「瑞？」

日本人唸「Red」時，發音會發成「Redo」。跟把Blue唸成布的時候一樣，布口中的「Red」，在她耳中聽起來成了「瑞」。

但是，布對這個錯誤十分感動。

「比起茜，她更適合瑞這個名字。」他這麼說。

她似乎也很喜歡這名字的發音。或許，起初她是把這當成「只限在墨爾本時的外號」吧。

布說他們談的是「期間限定的戀愛」。等瑞回日本就結束。所以他們彼此都很珍惜當下。覺得這樣就好。

他總是笑著，一副很快樂的樣子。

可是，離別的日子愈近，就出現愈多籠罩笑容的陰霾。就連我也看得出來，他根本沒有接受這個事實。

「可以幫我畫一幅畫嗎？傑克。」

過完年不久，布這麼拜託我。說著，拿出一張瑞的照片。

「我想把她留在墨爾本，只留在我心中就好。」

照片中的瑞，表情看起來有點像在生氣。布說那是喊了走在路上的她，趁她轉頭時拍下的照片。瑞不知怎地很討厭拍照，每次說要拍合照她都逃跑。

長長的黑髮，筆直得像會割傷手。

「好美的頭髮。」

把照片還給布，我說：

「可以啊，我從以前就想畫東方女性了。」

只是，日子所剩不多。十天後，瑞就要回國了。

於是，我提議畫速寫。

這樣的話，只要半天就夠。剩下的，我打算再慢慢加筆完成。當時的我還不知道，那將成為左右我往後畫家人生的一幅畫。

下個星期，兩人來到我住的狹小公寓。

瑞跟在布後面，顯得有點緊張地站著。肌膚白皙得近乎透明，細軟的長髮彷彿會發出沙沙聲。

大概顧慮到我吧，布和瑞只用英語交談。瑞的英語發音很漂亮，容易聽懂，我說的話她也幾乎都能理解。

兩人非常相似。

五官和身高體型當然不同。但是，和那看似開朗或堪稱堅硬的外表相反，內在都懷抱著不為人知的膽怯不安。我感覺得出來。

為了掩飾落寞，布在我房裡走來走去，瑞則表情僵硬地坐在椅子上。

用炭筆勾勒出輪廓後，腦中強烈湧出作品的整體形象。

紅色罩衫，藍色小鳥別針。

看到這兩個對比色的組合，我認為這幅畫不需要其他色彩了。

毫不猶豫地在調色盤上擠出紅色與藍色的顏料。

用飽含藍色顏料的筆，滑過白色畫紙，畫出瑞瀑布般的長髮……

這時，忽然靈光一閃。

——畫刀。

為什麼會突然想到這個，自己也不明白。

如果世上真有天啟，那或許就是了。

腦中像有什麼迸裂開來，彷彿從遙遠國度飛來的光點。

在落腳水彩畫前，我試過用各種畫具畫畫。蠟筆、粉彩、彩色鉛筆，也畫過一點油畫。

找出以水彩畫為主創作後，就一直收起來沒用的畫刀，按捺高昂的情緒，再次回到畫架前。

這次，我在藍色畫成的瑞的頭髮上，加上少量紅色顏料。如此一來，就調出了偏紫的藍色。趁畫紙還未乾透，拿起畫刀，刀尖劃過紙張。

scratch。

「唰」的一聲，畫面上浮現一道白線。

抓住手感了。

我擁有能夠展現瑞秀髮光澤的優越工具了。

在那之前，我一直苦惱於自己的畫沒有特色。我能畫出不差的東西，但那樣的畫無法獲得評價，我不斷找尋「不是我就畫不出來」的什麼。

在高昂的情緒中描繪髮絲，發現自己終於找到了那個。說不定，這就是了。

另外一件感動的事是，我在那之後，親眼見證了美得令人目眩的一幕。

原本聒噪講個不停的布忽然沉默下來。不知不覺中，他和瑞四目交接。一旁拿著畫筆與畫刀的我，也能強烈感受到氣氛變得濃烈。

一句話也不說，只是相互凝視的一對戀人。

我再次仔細打量瑞。

猜猜發生了什麼事？眼前的瑞，臉上哀傷的表情不斷發光。臉頰染上了一抹玫瑰色，眉頭皺出了世間少有的美。

最驚人的是那雙眼睛。儘管死命壓抑激烈情感，濕潤的眼神仍滿溢對布的愛。

我無論如何都想將那時的她畫下來。

心無旁騖地在畫紙上描繪瑞的表情。身為一個畫家，沒有什麼比見證這一刻更教人喜悅。

然而，一會兒過後，身為布的朋友，另一個念頭閃過腦海。
明明是這麼愛著對方……
兩人卻即將分離。
斜眼朝布投以一瞥，一絲淚水正滑過他的臉頰。
我一陣心痛，只好趕快把視線放回畫紙上。

此時，耳邊傳來東西碰撞的劇烈聲音。
驚訝抬起頭，看見她坐的椅子倒在地上。
原來是瑞猛地站了起來。
幾乎同一時間，布也彈跳似的起身。
兩人以相同速度跑向對方，緊緊相互擁抱。
依然沒有言語，只是哭泣，堅定地確認了彼此的心意。

我完成了速寫，但沒有另外「正式」畫出另一幅作品。
因為沒有必要。能即時見證並描繪出那一幕是一件幸運的事，再怎麼加筆，也畫不出比那出色的作品。
將那幅畫取名為《速寫》的是布。
今後兩人將攜手描繪的未來，正是還在速寫階段的藍圖。
他說為了感謝我，想買下這幅畫。
「價錢由傑克你決定。」
我無法決定。該言謝的人反而應該是我。
思考之後，我對他說：
「我不收錢，但是取而代之的……希望你們能盡可能讓更多人看到這幅畫。」
瑞回國後，布笑著跟我說，他們的戀愛「無限延期」了。
瑞上大學，布繼續上設計學校，這一年，兩人第一次經歷了遠距離戀愛。

需要對方，但也為對方想，這種心情超越了無法見面的不安，溫暖地培育了這份愛。

瑞大學畢業後，進入貿易公司就職。和大學時代一樣和父母住在一起，從老家通勤。不過，不到半年時間，她就決定搬出老家。

因為布飛去日本了。這對他來說，肯定是個重大決定。

一直想去，也一直沒有機會、沒有勇氣成行的日本。

不過，現在他終於有「理由」了。瑞就是比什麼都重要的理由。

所以，是瑞把布帶去日本的。他終於離開那個常常跟我提起的「龍宮城」了。

布幾乎是赤手空拳離開墨爾本，首度前往日本。

來到瑞住的城市，靜岡。

兩人在靜岡租了一間公寓，開始同居。

門牌上並列著兩人的名字。

圓城寺蒼、立花茜。

布發揮平面設計的專長，在設計公司找到工作，漸漸適應了日本生活。

兩人還擁有了一個夢想。

他們說想存錢，到東京去，開一間屬於自己的畫廊。

這個夢想幾乎沒遇到什麼阻礙，順利地實現了。

布和瑞在東京開了一間小畫廊。布有深厚的美術造詣，即使在不同國家，某種程度他已從父母身上學到怎麼當一個畫商。「圓城寺畫廊的作品都很出色」，畫廊受到愈來愈多這樣的好評。蝸居一房一廳的老公寓房子，兩人傾盡全力經營畫廊，夢愈做愈大。

過了三年多，我聽他們說要跟另外好幾間畫廊合開聯展。這次活動不以賣畫為目的，單純享受展覽的樂趣。

展覽主題是「最棒的私藏作品」，布傳訊息向我報告，《速寫》也在展出名單中。

當時，我的作品已經逐漸在墨爾本受到認同。

畫了《速寫》之後，我從各種角度摸索畫刀的用法，走出自創的風格。隔年在畫展中得了一個小獎，拜此之賜，在美術業界建立起人脈，即使機會還不多，但也有了讓我發表作品的地方。畫刀對我而言，成為無可取代的搭檔。

在打工的畫具店裡掛出好幾次我的畫，這個舉動立了大功。靠著看過這些畫的人口耳相傳，更多人認識了我。雖然還無法光靠畫畫為生，找我畫過一次之後，還會再上門委託的客人愈來愈多。

「你要不要來日本玩？想邀請你來這次的聯展。」

我開心接受了布的提議。這是我初次造訪日本。

久違的重逢。與布和瑞，還有《速寫》。

驚訝地發現瑞剪了一頭短髮。不過，這髮型非常適合她，很迷人。當時她已經三十多歲了，還笑得像《速寫》裡的紅衣女孩般天真開朗。

我看著他們，覺得好耀眼。兩人的心緊緊相依，攜手豐富了人生的色彩。作為他們歷史的見證人，我感到光榮。

來到日本，還發生了另一個意想不到的重逢奇蹟。會場展示的《速寫》，裱在一個出色的畫框裡，看到的時候，我感動得情不自禁發出驚嘆。這個畫框既俊俏又低調，充滿了寬大的包容力。畫框四個角落雕刻著脫俗的翅膀線條。最吸引我的，莫過於壓箔的顏色。不過度誇飾，卻又難掩光彩，與畫作本身顏色巧妙融合的泛藍金黃色。

這就是藝術界俗稱的「完美的結婚」啊。

布說：「這是請裱框師傅做的。」

不知道是什麼樣的人呢？為什麼能這麼理解、這麼愛我的畫。

「他說今天會到場喔。」

聽了這句話，我忐忑不安地等待，沒想到現身的是……空知。

他一看到我就雙眼發光，像隻幼犬一樣跑過來。接著，用不流利的英語拚命說起我們在墨爾本畫具店相遇的事。說到一半，整張臉都笑得皺起來的他，似乎苦於不知如何表達，抓住一旁的布，用日語劈哩啪啦說了一長串，再請布幫忙翻譯。

我當然也記得啊。藝術中心鐵塔的那幅畫，目不轉睛看到出神的那個日本青年。還有你畫下的紅色東京鐵塔。

隔天，大家一起上了東京鐵塔。這本來就是我這趟來東京「想去的地方」之一。

從瞭望台往下俯瞰城市，空知發出嘆息，泛著淚光用日語對布說了些話。布溫柔微笑，用英語告訴我：

「他說，原來世界上有超越夢想的事。」

聽說空知原本就想去墨爾本見我。沒想到能這麼快在日本見到面，還能一起爬上東京鐵塔。

我也是啊，空知。做夢也沒想到。

你竟然給了《速寫》一個那麼棒的棲身之處。那幅畫和那個畫框，一定會百年好合。

接到布說要收掉圓城寺畫廊的信，是那不到十年後的事。

已經年近四十的我，在日本也舉行過個展了。毫無疑問的，這都要歸功於圓城寺畫廊的牽成。他們積極推銷我的畫，當客人或媒體詢問他們是否有推薦的畫家時，也總是先舉出我的名字。

然而另一方面，布內心產生了是否該繼續經營畫廊的糾葛。

喜歡畫，在被畫包圍的環境下推銷畫、賣畫……這工作不盡然只有開心事。無法逃過這份工作的黑暗面，他漸漸感到痛苦。

「這樣下去，豈不是跟爸媽一樣了。」

他在信上這麼寫。

藝術與商業結合時，無論如何都會涉及不夠高尚的領域。光靠對畫及畫家的熱情無法經營起畫廊。有時顧客會要求自己不想賣的商品，有時必須被迫目睹自己推薦的畫作遭到敷衍草率的對待。這一行也有地下交易，那又是另一個無法忽視的事實。

最令布苦惱的，是畫作的「價格」。

畫作的價格變動而不固定，這對布來說，有時近乎難以理解。

為什麼這幅畫的價格會是這個金額？無論太低或太高，每當面臨實際金額與自己設定的金額不符的狀況，布總是錯愕得動彈不得。

和瑞的爭吵沒有停過。跟布相比，她是想法比較實際的人。為了持續經營畫廊，她能接受有些事必須睜一隻眼閉一隻眼。只要打好基礎，把畫廊規模擴大就好。做生意不就是這麼回事嗎？

「我錯了。畫的價格居然由畫家之外的人來決定，簡直野蠻。」

布這麼說著，退出畫廊的經營。

看在瑞眼中，一定覺得「事到如今說這什麼話」吧？因為，畫商的工作本來就是這樣啊。

布的想法，我也不是不懂。

當後來畫的作品受到好評，「傑克．傑克遜」成名之後，連那些沒沒無名時期，眾人不屑一顧的初期作品，價格都會突然水漲船高。

明明畫作本身從來沒有改變過。

改變的只是世間的價值觀。和創作者的心情毫無關係。

布的焦躁憤怒，是出自對畫的愛所產生的苦惱。

可是，現在的我這麼想。

畫這種東西很不可思議，被愈多人看過，受愈多人喜愛之後，畫作本身好像會自己成長似的。彷彿脫離了創作者的手，長出了自己的力量。

那是怎麼回事呢？或許所有的藝術作品，只有在映入人們眼中，住進人們心裡之後，才會活起來吧。我單純感覺到一種類似祈願或心念的東西，不是來自創作者，而是來自接收作品的一方。

圓城寺畫廊收掉之後，布和瑞開了一間名叫「Cadre」的咖啡廳。Cadre是法語，有「畫框」的意思。從這個名字裡，感受得到布即使不做畫商也不想離開畫作的心意。

布對咖啡廳的經營樂在其中，瑞卻似乎做得很悶。布曾落寞地說，要是吵架還算好，現在她都不跟我說話了。

即使如此，店裡還是掛滿兩人最愛的畫作。聽說來訪的客人常稱讚「這裡好像畫廊」，就這層意義而言，那或許是布最希望看見的景象。

因為在意刮鬍子後臉上殘留青青的鬍碴，從那時起，布乾脆不刮鬍子，蓄了一臉落腮鬍。

有一次，雜誌請漫畫家到咖啡廳去對談。雜誌發行後，布寄了一本來給我。那篇文章刊登在彩色頁面，對談文章中間放上大大的照片。

高島劍與砂川凌兩位漫畫家中間，掛著大大的《速寫》，看到這一幕時，我內心充滿幸福的情緒。

然而，「Cadre」並未經營很久。

最大的原因是開店七年後，附近開了一間大型連鎖咖啡店。「Cadre」的客人本來就不多，這麼一來，幾乎沒有客人上門。克服不了連續幾個月的虧損，不得不決定關店。

兩人各自找了新的工作。

從經營圓城寺畫廊和Cadre咖啡廳的時候開始，布就運用待過設計公司的經驗，自己設計店裡的廣告傳單和宣傳手冊。收掉咖啡廳後，他靠過去工作上認識的人牽線，開始以自由接案的方式從事平面設計工作。

瑞則在一間進口雜貨店找到工作。

那間店的老闆，是瑞在墨爾本留學時打工地方的前輩，一個叫百合的女人。

兩人回日本後斷續保持聯絡，得知咖啡廳收起來的事時，百合主動問瑞要不要去她那裡工作。

「Lilial」。白百合的光輝。聽到店名時，我不禁點頭。

在墨爾本時，邀請瑞去參加烤肉大會的，聽說就是這位百合小姐。要是沒有她，布和瑞就不會認識了吧。

沒有人知道命運的推手會在哪裡，連推手本人可能都沒有自覺。我感慨地想，命運就是這麼有趣。

兩年前。

一月底，布獨自來到墨爾本。

我剛從雪梨結束個展回來，手頭還有畫廊和展場的委託工作，正在手忙腳亂的時候。

接到布的聯絡，我騰出時間前往布住的飯店，和他約在餐酒廳碰面。他回墨爾本的事似乎沒有通知父母。

布的臉色莫名蒼白。

「……我是來還你這個的。」

他將一個厚實堅固的大布袋交給我。

從他憂鬱的表情，我立刻明白裡面裝的是《速寫》。

他用少少的話語，斷斷續續告訴我發生了什麼事。

瑞搬出兩人的家，說她以後的人生要自己一個人好好過。

「我內心深處一直有個疑慮，或許是我打亂了瑞的人生。讓她陪我做我想做的事，結果卻什麼都沒有達成。既然現在她說想一個人過下去，我認為自己不能再當她的絆腳石了。」

往布袋裡窺看，看見白色的包裝紙。看來是連框帶畫放進箱子裡，再仔細地用包裝紙包起來。仔細地像包裝禮物。

布一定無法用空運的方式把這幅畫寄給我吧。所以才會自己小心翼翼地抱著，搭飛機來親手交給我。

臉上浮現虛弱的笑容，布說：

「抱歉，我已經無法持有這幅畫了。可是，要我把它處分掉或讓給誰、賣給誰，我也做不到。所以，請讓我把它還給你吧，傑克。」

我點點頭，從他手中輕輕接下整個布袋。

「……這樣就好。」

低下頭這麼說的布，聲音微微顫抖。

我靜靜地問：

「你要回墨爾本嗎？」

布默不吭聲，望著桌緣好半晌。

接著，他露出笑容，給了我有點答非所問的回應。

「墨爾本現在是盛暑，日本可是正值嚴冬呢。傑克，很不可思議吧。我們公寓的窗戶結霜結得嚴重，我得回去打掃才行。」

回想起來，當時布或許已經下定決心。

一方面希望瑞能過得幸福，一方面又繼續在和她同居過的公寓中等待。

在這個瑞隨時都能回去的地方。

對布而言，無論瑞在不在，那一定也是他的歸屬。

這個世界上，唯一能回去的地方。

去年二月。

我始終猶豫而沒有主動聯絡的布，自己打電話來了。

他害羞地向我報告，說瑞回來了。

還告訴我，他打算開一間新的畫廊。

我想，布一定不好意思開口要我把《速寫》還給他。

希望這幅畫能掛在他的畫廊裡，和布一樣，我也打算自己搭飛機帶這幅畫去日本，親手交給他。當時的包裝都還原封不動沒拆呢。

所以，我偷偷立定了計畫。等畫廊開幕的日期確定，我就要帶著這幅畫去找他。

沒想到，這份計畫出現了一些意想不到的發展。

今天早上的事了。布打電話來。

距離那通報告與瑞復合的電話，又過了一年。

「畫廊開幕的日期，終於確定是下下個月了。」

我打從內心對他說「恭喜」。

放棄經營圓城寺畫廊的布，為什麼又會動念開新的畫廊？這次，他用毫無窒礙的語氣告訴了我緣由。

和瑞分開的那一年，布說自己思考了很多事，看了很多東西，摸索著如何面對自己的人生。在墨爾本時跟父母住，去了日本又一直和瑞一起生活的他，這是第一次自己與自己獨處。

情緒變得不穩定，身體疲憊不堪卻怎麼也無法入睡的日子持續了好一段時間。幸好後來遇到了貓，和貓的相遇與生活，為布帶來了安穩。

面對自己之後，布決定還是要踏上畫商這條路。

他還是想把自己真正認為出色的畫家和他們的畫，推廣給世人。

這時的經驗值、知識量和人脈，都已經跟與瑞一起懷抱夢想來到東京時不一樣了。透過解決各種課題，鍛鍊出清澈的眼光和強韌的精神。布笑著說，上了年紀也不是壞事。

離開自己的父母，飛出日本的布的雙親。

離開這樣的雙親，回到日本的布。

他已經確定自己的容身之處，也不再煩惱自己究竟是什麼人。

電話那頭的布說：

「然後啊。關於《速寫》，還是想請你還給我們……」

喔，這樣的話，我就親自送到你們手中喔。我還來不及這樣回答，布又說：

「原本我是那麼想的，但現在改變主意了。我希望這張畫，今後也一直留在傑克手邊。」

「咦？」

「我想，比起在我這裡，在傑克那邊應該能讓更多人看到這幅畫。」

布說得斬釘截鐵。

我清楚感受到，他想表達的是「你已經成為世人認同的畫家了」。

還有。布微笑著說：

「我總覺得，我們現在才要開始畫正式的畫。」

我也情不自禁笑了。

這樣啊，果然是這樣啊。

速寫，esquisse。

雖然有素描或草圖的意思，但在法語中，esquisse的意思有決定性的不同。

以此為藍圖，一定要另外完成一幅正式的畫作。esquisse這個字裡有著畫家這樣的堅定意志。

當初沒想到，我畫的水彩速寫，就那麼直接成為正式的畫作。

但是，對他們兩人而言，執筆畫出正式畫作的人並不是我。

布和瑞，只能用他們自己的手完成這幅畫。

「瑞最近好嗎？」

我這麼問。去年聯絡時，聽說她身體不舒服，暫時從「Lilial」離職休養。

布開心地回答「嗯」。

「最近她回店裡上班了喔。還有啊，下個月，畫廊開幕前，我們想一起去一趟墨爾本。能和你見面嗎？」

當然，再歡迎不過。想像兩人相親相愛搭飛機的樣子，連我都沉浸在喜悅之中。

掛上和布的電話後，我走向專門用來保管作品的小房間。

我現在除了自家，另外還有工作室。

在這裡畫圖、開會，有時也接受採訪。

小房間深處，放著小心收藏的布袋。

我終於拆開那層彷彿包裹禮物的包裝紙。

箱子裡，《速寫》露出臉來。
久違的相見。

這張畫，已經畫好三十一年了。我也已經五十一歲。
我對《速寫》說起話來。

你經歷了漫長的旅行呢。
一定看過許多我不知道的景色了吧。
是否也見過許多形形色色的人呢？
他們在那裡想些什麼，說過怎樣的對話？
那些我都無從得知。不過，沒關係。非常好。
我做不到的事，你幫我做了。我覺得很高興。
我現在也還在當畫家喔。到處都有人幫我策展，也發表過幾本畫集。受邀去過好幾個國家。

還擁有了一間屬於自己的工作室，規模足以開一場小型個展。

我有支持我的畫迷。他們喜愛我的畫，期待我創作。在他們的支持下，我才能走到今天。

一切都從你開始。

從畫刀滑過你表面的那一瞬間開始。

我凡庸的作品，從此有了特色。

從那時起，我不再是「立志成為畫家的人」，而是畫家傑克・傑克遜。

我小心翼翼抬起畫框，把《速寫》掛在牆上。

掛在這個平常我花最多時間度過，在這裡作畫的地方。

讓我成為畫家的這幅畫。

畫不會死。

即使畫家的生命走到盡頭，只要有人看著這幅畫，畫的生命就是永恆。

在這裡看著我吧。
為了不讓我忘記那些苦日子裡，連一支素描鉛筆都買不起時的初心。
激勵我繼續作畫吧。
若我變得有些驕傲，請斥責我。

我站在掛了畫的牆壁前。
躺在美麗畫框的懷抱中，《速寫》對我訴說了許多只有我懂的話語。
我對心愛的它微笑。

啊，真是一幅好畫。

春日 ハルヒブンコ 文庫

135

# 靠近你的不是人，是愛情啊

赤と青とエスキース

靠近你的不是人，是愛情啊/青山美智子作；邱香凝譯. --
初版. -- 臺北市：春天出版國際文化有限公司, 2023.10
面；　公分. -- (春日文庫；135)
譯自：赤と青とエスキース
ISBN 978-957-741-739-8(平裝)

861.57　　　112013451


ISBN 978-957-741-739-8
Printed in Taiwan



作　　者　青山美智子
譯　　者　邱香凝
總 編 輯　莊宜勳
主　　編　鍾靈

出 版 者　春天出版國際文化有限公司
地　　址　台北市大安區忠孝東路4段303號4樓之1
電　　話　02-7733-4070
傳　　真　02-7733-4069
E－mail　bookspring@bookspring.com.tw
網　　址　http://www.bookspring.com.tw
部 落 格　http://blog.pixnet.net/bookspring
郵政帳號　19705538
戶　　名　春天出版國際文化有限公司
法律顧問　蕭顯忠律師事務所
出版日期　二〇二三年十月初版

定　　價　380元

總 經 銷　楨德圖書事業有限公司
地　　址　新北市新店區中興路二段196號8樓
電　　話　02-8919-3186
傳　　真　02-8914-5524
香港總代理　一代匯集
地　　址　九龍旺角塘尾道64號 龍駒企業大廈10 B&D室
電　　話　852-2783-8102
傳　　真　852-2396-0050